安田夏菜 著

緋華璃 譯

三民書局

推薦序　透過愛的理解化解仇恨與恐懼

徐敏雄

收到《對岸》這本書的文稿時，我就被作者獨特的書寫方式吸引：他是從角色們不同的視角出發，描述他們的經歷感受與事件當下想法。所以，讀者可以從中感受到同一事件給不同角色帶來的意義與衝擊，甚至由此衍生對該角色所屬社會文化的理解。

簡要地說，《對岸》的故事主軸，環繞在兩位社會階級截然不同的主角——中上階級的「山之內和真」（以下簡稱山之內），以及底層階級的「佐野樹希」（以下簡稱佐野）身上。

從第一章開始，作者就提到身為明星學校學生——山之內，在一般人眼中應該是功課好、能力好，所以無憂無慮的人生勝利組。加上社會文化普遍認為，「每個人都有相同的機會，努力一定會有回報，加油就能實現夢想」的個人主義價值觀，讓遭到明星學校退學的山之內，從小就背負著成績優異、有苦不能對外說的偶像包袱。

來自師長們諸如好好顧好學業成績，其餘的事都不要參與，避免接觸陌生的人等等的叮嚀，更讓山之內喪失探索生活世界真相、學習解決人生複雜苦難的機會。特別是「因為我爸媽的眼中只有頂尖的學校，所以我從小就習慣這種思考模式」。更令人憂心的是，優勢家庭的長輩或子女很容易以「自己這輩子都不會跟那個世界的人扯上關係」，成為自己不沾鍋的優越感來源，甚至這種優越感還是他們每天生活的重要目標及價值依據。

但在山之內的心中卻常詢問自己：「我們究竟是幸福，還是可悲呢？」另外，接受這種與生活世界及真實人生經驗嚴重脫節的教育，究竟有什麼意義？山之內一直想問：「人學習是為什麼呢？我一直找不到這個問題的答案。」

這個疑問一直到他誤打誤撞被佐野帶進「容身咖啡館」，半推半就地開始陪伴數學程度極差的亞伯點燃學習成就感；另外，又幫助佐野發現原來貧困的孩子也可能上大學，甚至可能成為自己所感念之「護理師」的職業夢想時，才終於得到答案。山之內發現：「自己的知識與思考能力能運用在更大的地方，應用在掙扎著、迷惘著、仍努力活在當下的人身上。」那種人與人之間因真誠交流、互助與成長所撐起的空間，才是每個人真正的「容身之處」！

但從另一方面來看，亞伯在山之內教導數學過程中所給予的真誠與信任，以及佐野發憤成為她心目中溫暖助人護理師的築夢行動，也給山之內原本缺乏信心與目標的生命，帶來相當大的價值感、力量與盼望。用他的話來說就像：「水慢慢地滋潤我有如荒漠的心靈。」

至於佐野，因為父親早逝，母親罹患嚴重身心病痛無生活自理與工作能力，加上妹妹年幼多病，長期資源匱乏且家庭照顧壓力沉重的早熟生活，僅能讓她勉強不致餓死，但對自己的人生卻早已放棄。就像她自己提到的：「接受生活保護的小孩連大學都上不了，高中畢業後就因『具工作能力』得出社會工作。像我這樣的窮人，就連選擇前途的自由、規劃未來的權利都沒有。」加上大眾普遍對領取福利資源的貧困家庭缺乏認識，內心甚至還有許多自行想像的恐怖劇本，以致讓憲法賦予促進公民平等且無差別發展的「生活保護」制度，被貼上豢養好吃懶做寄生蟲的負面標籤。

長期生活在貧困處境中的佐野，不僅極度害怕周遭同儕知道自己是「生活保護」的一份子，也拒絕被他人理解。但是在山之內和任教於大學（曾擔任過社工員）的同學叔叔的幫忙下，佐野也慢慢體悟到：唯有坦承面對自己家庭貧病交加的事實，並從社會投資的概念去善用國家福利制度的資源，才可能幫助自己一點一點地跳脫因資源不足和文化歧視，給自己當下生活或未來生涯所造成的客觀限制，自己的生命也才有轉化的可能。也因為得到不同階級友伴的幫忙，讓原本深陷階級對立情結而自暴自棄的佐野發現：「這個世界上還是要有你這種人才行！」

當然，這本書裡也非常值得一提的是開設「容身處咖啡館」的老闆，因著他長期對青少年朋友懷抱著包容、關懷與支持的友善態度，才能讓遭到明星學校退學的山之內、長期承受貧困汙名化的佐野，以及因種族歧視與父親家庭暴力產生學習障礙的亞伯，都能在這裡感受到自己是被接納的，甚至可以藉由自己的作為給他人帶來實質幫助，進而從這些關懷關係中，重建被正規教育體制或文化傷害得體無完膚的自我價值。也因為這樣，這本書如果改名為《容身處咖啡館》，不曉得是否更容易讓讀者望文生義？

基於上述豐富內容，我覺得《對岸》這本書非常適合對社會、教育、文化與心理等議題感興趣的讀者閱讀，特別是對多元文化者深層生命故事感興趣的讀者，應該都能從作者對不同角色的細膩刻畫得到一些啟發與力量，甚至從這部小說的故事中，衍生值得進一步採取行動去實踐的社會生活想像。

就像近年來，我與臺灣夢想城鄉營造協會的夥伴們積極推動「脆弱畫室」的行動計畫，就是希望回應長期以來主流社會讚頌成功、忽略失敗，導致許多人對自己不同生涯階段所遭遇到的重大衝擊或苦難，缺乏相互瞭解的同理心，以及問題解決與回應能力的問題。我們希望藉由多元有趣的藝術媒材，陪伴包括無家者在內的經濟弱勢者及一般大眾，一起透過藝術創作與分享，揭露、分享、回顧自己的生命經驗，並賦予它們更具創造性和發展性的意義。我們也相信在這種具有高度信任、關懷與互助的跨階級共學社群裡，所有參與者將有機會開始以「超越」而非「報復」的態度，面對彼此的生命故事及價值差異甚大者的苦難經驗，進而以善意去理解、釋懷各類失敗與傷痛經驗引發的恐懼與憤怒情緒。而這樣一個能讓大家認識彼此、發揮所長、重建自信的「脆弱畫室」，與《對岸》一書提到「容身咖啡館」的核心價值異曲同工。

說了這麼多，還是真心鼓勵各位讀者可以一起來細細品味《對岸》這本書的滋味，相信跟著兩位主角的生命故事開展，我們有更多機會觸碰真實的自己，並且更瞭解與自己差異甚大之人的可能生命體悟。

目次 | *Contents*

十二歲的春天

山之內和真

我從小就只有讀書特別厲害。

所以我一直覺得很不可思議，身邊的同學為什麼一到兩位數的減法就卡住？為什麼光是要記住國字就記得暈頭轉向？我單純地感到不解。

「和真弟弟好聰明！」

「和真可能真的是天才！」

低年級的時候，聽到這樣的讚美，我會覺得飄飄然。但是從那個時候開始，我就發現自己與周圍有點格格不入。

如果是運動健將、說話幽默風趣、或是外表長得很好看，反而會受到大家無條件的推崇。但是像我這種運動白癡，只有認真這個優點，看起來少年老成，只會讀書的人，在學校的立場十分尷尬。

明明沒有這回事，卻傳出「家長盯他功課盯得很緊」的謠言；明明只要問我，我就會教他們功課，卻在私底下說我「態度高傲」。不僅如此，居然還有「和真家很有錢」這種子虛烏有的傳言。

「我們家才不有錢！」

我沒辦法不解釋。

「我爸確實是醫生沒錯，可是如果以為所有的醫生都很有錢，那就大錯特錯了。教學醫院的薪水很少，頂多只比普通的上班族好一點點。所以我媽一天到晚都在抱怨，說我妹跳芭蕾的學費太貴了。我們家的車也是比較省油的油電車，跟大家都一樣喔！」

剛好那段時間，我因為得了病毒性腸胃炎，向學校請了幾天假。

同學問我：「為什麼沒來上課？」聽到我回答「腹瀉」時，紛紛側著頭表示不解：「什麼？」

我還以為他們沒聽見，又重複了幾次「腹瀉！腹瀉！」他們還是一頭霧水。我很疑惑怎麼會雞同鴨講，換了一種說法：「我拉肚子。」他們馬上就聽懂了。

「什麼嘛！拉肚子就說拉肚子啊！」

莫名其妙被凶了一頓，我疑惑地反問：

「腹瀉就是拉肚子的意思啊……。你們沒聽過嗎？」

想也知道，我的回答引起了同學的反感。

我在班上愈發顯得格格不入，受到很多嚴重的霸凌，飽嘗辛酸。事到如今，我已經不願再去回想當時發生過什麼事了。

我也很痛恨自己怎麼這麼不會做人處世，愈來愈沉默寡言，就連呼吸都變得小心翼翼的四年級夏天。

父母發現我受到霸凌，父親衝進學校拍桌子大罵，勸我：「國中就給我去念私立學校。」

「不需要配合其他人的程度。」父親說話永遠都這麼乾脆俐落、不拖泥帶水。「和真應該去更適合自己的環境。」

原來如此，我懂了。「不用配合其他人的程度」的意見令我豁然開朗。沒錯，只要腹瀉就說腹瀉，可以順利溝通的世界就好了。我認為這樣的世界才是通往幸福的世界。

於是我報名了準備考國中的補習班。在補習班上課很開心，同時也很吃力。

只要參加模擬考，就能馬上知道自己在所有考生中排名第幾，同時也會看到明確的偏差值。我的偏差值經常超過六十分，但是距離要考上第一志願蒼洋中學的偏差值還差十分左右。蒼洋中學是可以直接從國中升高中的超難考男校。

「別放棄。」父親對我說。「要有堅強的意志。只有努力不會背叛你。」

最後一年暑假，我從早到晚都待在補習班裡溫書，回家繼續複習，用功到都流鼻血了，也只是把面紙塞在鼻孔裡，繼續讀書。

我的偏差值一分一分地進步。

「太好了，太好了！」

此時此刻，補習班老師正在蒼洋中學的校園裡抱著我。母親喜極而泣，父親也處於興奮狀態，像隻熊似地在榜單前走來走去。平常極為臭屁的妹妹蹦蹦跳跳地說：「哥哥好厲害，哥哥好厲害。」

我抬頭看榜單，推了推眼鏡，一再確認自己的號碼，內心充滿想大聲歡呼的喜悅。

我不再是以前那個只能軟弱無力地任人宰割的我了。我已經靠著自己的雙手，不斷努力，把吃苦當作吃補，得到傲人的成績。

再見了，一點也不快樂的小學生活。

我要撇下你們，去另一個世界了。

同樣是十二歲的春天

佐野樹希

我從小就很喜歡颱風天。

故意在傾盆大雨中出門，讓呼嘯而過的狂風吹到雨傘開花，再因為差點被風吹走而鬼吼鬼叫。

「真不愧是我女兒。」

爸爸很高興。

「樹希一定會成為堅強的女生。」

既然爸爸都這麼說了，就算跌倒、就算磨破膝蓋也不能哭。看完恐怖電影也敢半夜一個人去上廁所。從高處往下跳的膽量比拚，沒有人贏得過我。要是讓我看到男生欺負弱小，我會整到他們哭著求饒。

不管是颱風還是龍捲風，都給我放馬過來！

然而就在小學五年級那年，我家受到超級強颱的侵襲。

爸爸死了。

爸爸騎機車奔馳在山路上時，衝過護欄，摔落懸崖，當場死亡。

根據警方的調查，從爸爸體內檢驗出大量酒精，表示爸爸是在喝得爛醉如泥的狀態下騎車狂飆。

更可怕的是辦完喪事後，才發現爸爸欠了一大筆錢。

當時，爸爸在商店街開了家咖啡館兼小酒館，媽媽很擔心店裡總是門可羅雀，可是對於媽媽的抱怨，爸爸總是回答「船到橋頭自然直」。倘若媽媽繼續抱怨，爸爸就會暴跳如雷地把椅子扔過來。

一邊說「船到橋頭自然直」「船到橋頭自然直」，一邊欠了一屁股債，真令人無語。更令人無語的是，爸爸死後兩個月，媽媽發現自己懷孕了。

我們家的生活立刻陷入困境。

媽媽原本就不擅長跟別人相處，連店裡的事都幫不上忙。雖然對爸爸有諸多抱怨，但是也完全依賴爸爸。

向親戚求救，沒有人肯伸出援手。

爸爸與爺爺奶奶的關係很差，年輕時就離家出走；媽媽的娘家不僅住得遠，而且也很窮就算了，外公外婆還輪流生病，反過來向媽媽借錢：「我們還需要妳的資助呢。」

媽媽變得形單影隻後，身體就一直不是很好。

莫名其妙心跳加速，連氣也喘不過來，陷入六神無主的狀態。有一天，媽媽被救護車送去醫院，醫生診斷媽媽得了一種叫作「恐慌症」的心病。

「妳媽媽的心太累了，所以才會發病。加上肚子裡還有個小嬰兒，腎臟功能好像也不太好……」

個子很高、眼神很銳利的護士向我說明。

「媽媽會死嗎？」

「這倒不會。只要住院好好接受治療就不會有大礙。只是……妳媽媽的健康保險好像已經有好幾期沒繳費了。妳吃飯還正常嗎？」

我搖頭。自從爸爸死後，媽媽連飯也不煮了，我只有麵包和香蕉可以吃。

護士拍拍我的背。不知怎地，我好想哭。

我們家開始接受所謂的「生活保護」。

聽說因為生病或其他原因無法工作、沒錢生活，窮到再這樣下去可能真的會出人命的話，國家會出錢救助這些人。

媽媽再也不用工作，每個月就可以領到錢，看婦產科和精神科也都不用錢，還能用政府給的錢購買嬰兒的棉被和尿布。

沒多久，我妹妹奈津希平安地生了下來。

我和奈津希和媽媽，就像隨處可見的一家三口，只要別太貪心，食物和衣服都不成問題。

我從春天起就是國中生了，我問媽媽制服和教科書是不是要花很多錢，媽媽說就連那筆錢，政府也會幫我們準備好。

真是太感謝生活保護了。

當我覺得這世界果然天無絕人之路時，不禁想起爸爸的口頭禪：「船到橋頭自然直」。

既然船到橋頭自然直……。爸爸，你根本不用死啊。

1 挫折

山之內和真

在放學前的班會結束的同時，教室裡人心浮動。有人準備要去參加社團活動，有人推來推去地打打鬧鬧，有人正在討論週末要一起出去玩。

只有我低著頭，收拾東西準備回家。得快點去補習班報到才行。

升上國三的同時，我轉學到這所公立中學。

今天是第六天，身心都還完全無法融入這所學校。我已經兩年不曾在教室裡聽見女生高八度的吵鬧聲，也是有生以來第一次穿上立領的制服。

為什麼非得用這種漿得筆挺的領子壓迫住自己的脖子啊。我覺得好痛苦，真希望這所學校的制服是普通的西裝外套。更別說我以前的學校根本不用穿制服，愛穿什麼就穿什麼，也幾乎沒有校規。

好懷念曾經有過的自由，一想起來，胸口便隱隱作痛。

可惜我沒有享受那份自由的天分。

魚躍海闊

鳥行天空

據說是知名書法家寫的這兩句話蒼勁有力，裱框掛在蒼洋中學的穿堂。開學典禮上，老師告訴我們這是學校的教育方針，尊重學生的自主性，校方只是在旁默默守護。

正因為學生都很優秀，才能得到這麼全面的信賴吧。我還記得自己當時十分自豪，整個人都抬頭挺胸了。

然而，這股自豪卻在不知不覺間，逐漸轉化成別的情緒。

自卑感。

我被其他同學的天分嚇到了，對彼此之間的差距感到絕望。提到升學率超高的學校學生，或許會給人只會讀書的書呆子印象，實際上完全不是這麼一回事。真正聰明的人，其實自由自在又天真爛漫。

有人為自己喜歡的運動揮灑青春的汗水。

有人全神貫注地研究鐵道、圍棋、製作電腦軟體等比較偏門的興趣。

有人透過舞蹈或樂團活動吸引周圍女校學生的注意力。

也有人把研究學問當成興趣一樣樂在其中，以參加國際數學奧林匹亞或國際化學奧林匹亞為目標，也真的拿下了獎牌。

一面自由自在地享受青春，可是真到了要考試的時候，又能發揮異於常人的專注力，不費吹灰之力就能取得好成績。

像我這種只會一個口令一個動作、一步一腳印地讀書，費了九牛二虎之力，好不容易才勉強及格的人，簡直是不折不扣的凡人。國小的時候，大家都說我很聰明，可是在蒼洋中學，再怎麼努力，成績始終也只能吊車尾。

「山之內同學，跟得上進度嗎？」

國二那年冬天，負責教數學的級任老師要笑不笑地把我叫出去。

「我上的課在你聽來，該不會有如外星文吧？該不會聽了半天也聽不懂吧？」

他說對了，我低頭不語。

我本來就不擅長數理，所以打算上了國中要更努力。

可是我花了三十分鐘才能解開的問題，同學只花三分鐘就能搞定。為了配合他們的水準，老師跳過所有的基礎。轉眼間，我已經落後其他同學太多了。

「理科不行……英文也岌岌可危……」

我的數理打從一開始就跟不上其他同學的進度，花太多時間研究數理的結果，就連英文也生疏了。很多同學都是從小學就打好英文的基礎，其中甚至不乏歸國子女。

英文、數學、理化都糟透了，上課完全跟不上進度，就連學習的意願也逐漸流失。期中考的前一天連飯都吃不下，晚上也睡不著，到了最重要的考試當天，腦子裡就像籠罩著一層迷霧。

我的精神或許已經開始生病了。

「今天找你過來，是想早點跟你討論往後的事。」

從老師溫和的語氣中，我知道他即將直指問題核心。

這所學校是綜合中學，可以從蒼洋中學直升蒼洋高中。不過，國中部開學時的學生人數不見得一定會與升上高中的學生人數一致，反而逐年遞減，因為有人會申請退學。

「升上三年級，本校的教學速度會愈來愈快。照這樣下去，你可能真的會聽不懂老師上課在說什麼，就連要來學校都會變得很痛苦喔。」

老師說的沒錯。我現在已經很痛苦了。

「你有兩個選擇。

一是轉學到願意從基礎開始教起的學校。從現在到高中入學考前，應該還能重新找回自己的學習步調。

二是繼續留在這裡努力。只不過，這麼做有風險。依照你目前的成績，未來留級的可能性相當大。這麼一來，很多人會因為精神上的壓力而拒絕來學校上課……。希望你能把這些全部考慮進去，好好思考自己未來的方向。因為選擇權在你手上，要怎麼做是你的自由。」

我無法選擇。我甚至不曉得該怎麼辦才好。

最後還是父親替我做出選擇。但他非常不開心。

「總之先從蒼洋中學休學再說。」

父親一如往常地以斬釘截鐵、不拖泥帶水的口吻乾脆俐落地對我下達指示。

「然後轉去這個學區的公立中學。」

「咦？」我下意識反問，隨即把頭搖成一只波浪鼓。

唯有這個決定我抵死不從。小學的心酸記憶湧上心頭。

那些說我很聰明、說我家很有錢、不講理地欺負我的記憶。從此以後，學校對我來說，就像坐不穩的椅子，令我如坐針氈。

如今要我回去那個環境？我家附近的公立中學都是從我以前念的公立小學升上來的人，大家都知道我考上蒼洋中學的事。

我考上蒼洋中學時，大家都把我捧上天，說我要走菁英路線，說我是被老天選中的人，說我是神童，要是我摸摸鼻子回到那群蝦兵蟹將待的地方，不知他們會怎麼奚落我。

「和真，你必須變得更堅強才行。」

父親繼續對血色褪盡的我耳提面命。

「你要從公立中學考上高中。參加高中聯招的學校有很多不錯的私立學校，公立學校中也有大學錄取率很好的頂尖名校。而且蒼洋高中也開放了幾個名額給高中聯招，既然如此，乾脆考回蒼洋高中，對老師還以顏色如何？只要以必死的決心努力準備考試，應該不是不可能的任務。」

父親到底在說什麼。這怎麼可能。要考上蒼洋高中的難度比國中部難多了。連國中程度都跟不上的我，怎麼可能重新考回去。

這時，母親插進父親和我之間打圓場：

「拜託拜託，千萬別讓他去念附近的公立學校，好不好？那裡的學生都知道和真考上蒼洋，萬一和真又被欺負、成為眾人的笑柄……」

「妳就是太寵他了，才把他寵成這樣。」

父親瞪了母親一眼。

「每個人都有自己的難處，要是遇到困難就退縮，還能成什麼大事。小學生就算了，和真現在已經是國中生，應該刻意選擇困苦的環境鍛鍊自己才對。」

「可、可是，和真跟你不一樣，他的性格比較懦弱……。這樣好了，至少讓和真去其他學區的公立中學重新出發好嗎？這一帶的公立中學現在都可以自由選讀了，如果和真想去遠一點的公立中學，我覺得也可以讓他去。」

「所以說，妳再這麼寵下去……」

「要是和真因為聽從你的安排而受到更多委屈……」

平常在父親面前總是畏首畏尾的母親在那一刻就像全身的毛都倒豎起來的貓。

「我一輩子都不會原諒你。」

如此這般，我得以轉來這所沒有人認識我的中學。我打從心底感謝母親。正當我滿懷感激，打算起身回家時……

「我問你喔。」

背後傳來嬌滴滴的嗓音，有人戳了戳我制服下的肩膀。

一股清甜的味道掠過鼻尖。

是坐在我後面的城田同學。叫什麼名字來著……印象中好像是艾瑪。我的臉微微發燙。

直到上個月念的還是男校，光是學校裡有女生，對我來說就已經夠刺激了。更別說城田同學有著豐厚的粉紅色唇瓣，頭髮柔柔亮亮有光澤，而且裙子很短。

城田同學的聲音就像卡通裡的少女，這也令我臉紅心跳。

「我聽說……」

城田同學側著頭，盯著我的臉說：

「山之內同學是因為家裡有事才搬來這裡，為什麼會選擇我們這所學校呢？」

感覺太陽穴的血管突突跳動了一下。

「為什麼選擇要搭電車才能到的學校？」

「就是說啊，你家附近也有學校吧。」

旁邊有幾個男生也在等我回答的樣子。

「那那那、那是因為……」

我拚命假裝平靜，還是不免結巴起來，說出事先就在心裡設定好的故事。

「那個，因為這裡是我父母的故鄉，我爸以前是這所學校的學生。所以雖然遠了點，還是建議我來他的母校就讀。」

「欸，這樣啊，那你以前念哪個學校？」

「在……靜岡……」之所以這麼回答，是因為父親以前在靜岡的醫院工作，我也在靜岡住過一段時間。雖然只住到兩歲左右，根本什麼也不記得。

「欸──？真的嗎？艾瑪的外婆也住在靜岡市。我外婆家在駿河區，你呢？」

腦海像是燒滾的開水，不禁沉默下來。我沒想過會聊到這麼深入，拚命想要擠出靜岡周邊的地名，可是太緊張了，什麼也想不出來。就連我也知道自己臉上的表情像是被警察盤查的可疑分子。

怎麼辦？怎麼辦……？

「哎……」

這時，教室角落傳來低沉的女聲。

「妳又叫自己艾瑪了。艾瑪的外婆……」

後半句話明顯在模仿城田同學的音色。

「妳說什麼？」

城田同學瞪大雙眼，猙獰的表情簡直像是變了一個人。

「我要怎麼說是我的自由吧。我只是想陪轉學生聊聊罷了。畢竟山之內同學好像還沒有交到朋友。」

「是嗎？那妳還真親切啊。」

短髮女生推開掛著書包的桌子站起來。我記得她是佐野同學。

形狀姣好的眉毛微微往上挑，給人男性化的感覺，與城田同學互為對照組，語氣及視線都很尖銳。

臉上浮現出瞧不起人的冷笑，硬是從我和城田同學中間擠過去，還撞上我們的肩膀，就這麼走向門口。

「等等……樹希，妳要回去了嗎？今天輪到妳打掃教室吧？」

「交給妳了。」

佐野同學頭也不回地揮揮手，一下子就走得不見人影。

「真是的！」

城田同學癟嘴，露出忿忿不平的表情。

「這傢伙的態度永遠這麼惡劣。」

「就是說啊，就算她家再怎麼有問題也不能這樣吧。」

其他女生開始說佐野同學的壞話，早忘了繼續追問我的過去。

（得救了……）

僥倖逃過一劫，我飛也似地跑向私鐵車站，從這裡跳上電車，只要十分鐘就能抵達離我家最近的車站。必須立刻回家換衣服，前往補習班才行。利用考高中的機會挽回頹勢，是父親賦予我至高無上的使命。

明明不用考高中也沒關係，卻又得像考國中的時候那樣，為了偏差值的進步退步一喜一憂。唯一的救贖是補習班的人都以考上好學校為目標，對別人的隱私絲毫不感興趣。

只不過，學校裡的同學就不是這麼回事了……。

回想今天與城田同學的對話，感覺內心籠罩在一層厚厚的烏雲底下。

我還以為只要盡量選擇離家遠一點的中學，沒有人知道我吊車尾的事，就能過上平穩的生活。如今我有預感再這樣下去，我的過去遲早會曝光。

得趕快仔細研究靜岡周邊的地理環境才行，可是要完美地捏造自己的過去，堪比天衣無縫的犯罪行為，不是一件容易的事。就算這次能順利蒙混過關，要是這所學校的人認識任何一個知道我過去的人，我就完蛋了。

會不會補習班裡剛好就有這所學校的學生？

不可能，那家補習班的學生應該都是私立中學的優等生。

可是，如果其中剛好有誰像我這樣轉學過來呢？

啊——夠了！

我不想再煩惱下去了。總而言之，眼下得先去補習班才行。

回到我住的大樓，電梯正在維修，只好爬樓梯回位在四樓的家。

氣喘如牛地走進家門，母親不在家。母親是全職的家庭主婦，今天妹妹要上芭蕾舞和英語課，所以應該是去接送她了。讓妹妹提早學英文，大概是不希望她重蹈我的覆轍，上了國中才因為英文跟不上同學而飽受挫折。

眼看自怨自艾的情緒又要湧上心頭，我趕緊邊換衣服邊打開電視，邊搖頭邊打開冰箱，往冰箱門的內側一看，玻璃瓶裡裝了茶。

真早啊，今年已經有麥茶可以喝啦。

我快渴死了，邊看電視邊把麥茶倒進大一號的杯子裡，視線盯著螢幕，咕嘟咕嘟地一口氣灌下。冰涼的液體流經食道的那一瞬間，食道感到一陣滾燙的灼熱。有生以來第一次感受到這樣的刺激，從喉嚨衝向胃部，熱得像是要把胃燒起來。

這是什麼？根本不是麥茶嘛！

我大驚失色地端詳玻璃瓶。

瓶身的側面貼著寫有「梅酒」二字的標籤。

我頭昏腦脹地想起昨天母親說過「奶奶帶了親手釀的梅酒來……」

臉熱得像是有火在燒，甚至覺得腳底輕飄飄地踩不到地。

我喝了酒。明明還未成年……。

直覺告訴我，這會引發非常糟糕的連鎖反應。父親喝酒，母親說她的體質與酒相剋，所以滴酒不沾。萬一我繼承了母親的體質，接下來會出現什麼樣的變化呢？

我好害怕，一時半刻不敢亂動，感覺愈來愈飄飄然。

補習班怎麼辦？要請假嗎？問題是要用什麼理由請假？

「我喝醉了。」

這個理由太荒唐了。我不禁「咯咯咯」地笑了起來。

我想向母親求救，可是打她的手機她都沒接。母親是個漫不經心的人，經常不接電話。

我喝下一杯水，感覺稍微好了點。

「很好！」我告訴自己。

「我要去嘍。我要去補習班嘍。這點小事根本算不了什麼！」

我背上補習班的書包，走出家門，精神抖擻地再度走回車站，搭乘開往補習班的電車——與學校反方向的電車——原本是這麼打算的，直到又在學校那一站下車，感應票卡，走出自動剪票口的瞬間，才發現自己搭錯車了。

「……搭錯車嘍。」

腳步虛浮地走出車站，覺得一切都無所謂了。

走著走著，心情愈來愈快活。

「我是貓！」

想起前陣子看過的某本小說，不由得喃喃自語。

那是夏目漱石寫的知名小說，最後主角養的貓不小心喝到飼主沒喝完的啤酒，不小心喝醉了……不小心掉進廚房的水甕裡淹死了。

「討厭啦！真不吉利。」

我也喝醉了，但只要小心走路，就不會掉進水甕裡。

我足不點地地往前走，邊回憶那隻貓後來怎樣了。

想起來了，掉進水甕的貓拚命掙扎，努力想從水甕裡爬出來。可惜爪子只能徒勞無功地抓撓水甕內側，怎麼也逃不出去。掙扎了半天，貓還是溺死了。

「真的是……太、不、吉、利、了！」

想像貓溺死的慘狀，不禁機伶地打了個冷顫。原本還很快活的心情一下子萎縮下去，變得好想哭。

怎麼辦？怎麼辦？萬一我也像貓那樣死翹翹怎麼辦？

不過，我又想到自己約十五年的人生其實過得也不怎麼樣。明明我這輩子沒做過任何壞事，一直認認真真、老老實實地活到現在。

小學時無法與班上同學打成一片，還以為好不容易考上適合自己的中學了，這次又因為跟不上同學的進度，老師建議我主動申請退學，因而轉到公立中學。萬一我「其實是被蒼洋退學」的事在現在就讀的學校傳開，事情會變得很複雜。

不知他們是會同情我，還是對我產生不必要的好奇心。不管是哪一種，他們都會用看奇珍異獸的眼光看我。如果我是擅長溝通的人，還能不當一回事地一笑置之。可惜我沒有這個本事，我只對自己絕對無法順利度過這個難關充滿自信。

無論是以前還是現在，都沒有可以讓我打從心底感到放鬆的容身之處。

「好想要——容身之處呀。我的容身之處——在哪裡呀。」

路過的行人都以不敢苟同的視線打量嘴裡念念有詞往前走的我。我搖搖晃晃地爬上天橋，眼前是寬闊的國道。

無以計數的車子川流不息地疾駛而去。

好像河流。

我從天橋上的欄杆探出上半身往下看，心想萬一真要掉下去的話，還是河流比較好，至少不要是水甕。撲通一聲掉進水裡，躺在水面上仰望天空，隨波逐流地漂盪一定很舒服。

天空一定很美。

蔚藍的晴空裡，潔白的雲絮就像棉花糖。

陽光從樹木的枝葉間閃閃爍爍地灑落臉上，淙淙的水聲在耳邊響起。

模仿水母般地舒展手腳，什麼也不用想，全身上下都不需要使力。

既然沒有容身之處，乾脆就這樣隨波逐流，漂流到哪裡算哪裡。

「看我的！」

我伸出指甲，用手臂抱住欄杆，從天橋上探出大半個身子。

「看我隨波逐流。」

突然有人用力從背後拉了我一把，害我腳下一個踉蹌，摔倒在水泥地上。

「你這個笨蛋！到底想做什麼啊！」

額頭被那個人狠狠地彈了一下，我痛呼出聲。

有個短髮女生正以凌厲的目光低頭看著我。

這個人是……跟我同班的……佐野……同學……嗎？

2 焦躁

佐野樹希

他想尋死嗎？

看到從天橋探出身體的年輕人，我反射性地抓住他的上衣。那傢伙比我想的還要沒力，我一拉就四腳朝天地倒在天橋上。

「你這個笨蛋！到底想做什麼啊！」

之所以想也不想就把他拉回來，無非是因為在那傢伙臉上看到爸爸的影子。

把所有爛攤子丟給活著的人，自己一個人去極樂世界的爸爸。

他倒好了，一了百了可輕鬆了。

問題是還活著的人，從此以後可一點都不輕鬆！

被我一把拽回來，那傢伙就像池子裡的青蛙，發出「咕哇！」的叫聲，眼鏡歪了，一臉窩囊相。爸爸……不對……這傢伙……我好像在哪裡看過這張臉。

轉學生？沒錯，是新學期剛轉來我們班的轉學生。今天放學時，艾瑪搭訕的那個人。叫什麼名字來著？一時想不起來。

「你叫什麼名字？」我直接問他。

「我叫山之內。」那傢伙回答。

山之內？等等，他的臉怎麼這麼紅？說話也口齒不清。

「你該不會喝了酒吧？」

「喵。」

「你才國中生耶。」

「我不小心喝錯了。還以為是麥茶，原來是梅酒。」

「你是白癡嗎？」

山之內「咯咯咯」地一直笑，話說得顛三倒四。明明才國中三年級，卻老氣橫秋地活像是剛從聚餐喝完酒回家的上班族。

「我再多嘴問一句，你剛才是不是想從這裡跳下去？」

山之內不解地側著頭，看著我的眼神模糊失焦。什麼嘛，原來不是啊。

「你自己回家吧！」

我覺得這一切都好蠢，站起來想拋下他回家時，不由得愣住了。

兩行清淚從山之內的雙眼一路流到嘴角。他在哭嗎？

唉，真麻煩。這麼一來不就無法斷定他到底有沒有要自殺嗎。我在他身上看到愈來愈多爸爸走在人生最後一哩路上的影子。真是的，扯上麻煩事了。接下來還得去托兒所接妹妹說。

可是，萬一他真的跳下去，那我一輩子都會良心不安。沒辦法，只能帶他去那裡，讓他醒醒酒了。

「站起來！」

我抓住他的手臂，山之內攀著欄杆，左搖右晃地站起來。

「能走嗎？」

「喵。」

「跟我來，前面就有可以讓你休息的地方。」

「可以休息的地方？啥地方？該不會是什麼危險的地方吧。」

「你再廢話，我就把你從這裡推下去了。」

「別這樣。」

山之內的腳步蹣跚，我得時不時扶他一把，總算下了天橋。眼前是蓋得雜亂無章的住商混合大樓。

鑽進巷子裡，左邊是便利商店，便利商店的右手邊角落有一棟窄小的兩層樓建築物。宛如昭和時代的建築物，只有一樓部分改建成咖啡館。

淺咖啡色的牆壁，入口附近是擺得雜亂無章的盆栽。

大紅色的塑膠布雨遮屋簷蘊釀出隨興的感覺。

「容身處咖啡館」

入口處立著木製招牌，手寫的字體歪七扭八。

「到了。你先在這裡喝杯水，休息一下。」

「這裡是哪裡？」

「是我朋友開的店。啊，還是強調一下好了，這裡不是什麼亂七八糟的地方。」

山之內又「咯咯咯」地傻笑起來，瞥了立在門口的招牌一眼，雙眼閃閃發光，就像等著餵食的小狗，甚至還伸出了舌頭。

「……是容身處耶……」

「又怎樣了。」

「是我夢寐以求的地方。」

真是的，醉鬼說話就是這麼沒頭沒腦。為什麼我非得照顧這傢伙不可？他會付我錢嗎？我已經夠沒空又沒錢了。

心浮氣躁地推開門，把山之內推進去。

「歡迎光臨……。怎麼，是樹希啊。這小子是誰？」

老闆看過來，以不會影響到其他客人的音量小聲問道。明明是間不起眼的小咖啡館，卻有許多常客，真不可思議。

長長的瀏海從已經沒剩幾根毛的頭頂垂下，在額頭聚成細細一綹。乾脆全部剃光還比較帥氣一點。

「是我同學。這小子喝醉了，我想讓他稍微在這裡休息一下。」

「喝醉了……妳同學還是國中生吧？以國中生來說，也太大膽了。」

「不是啦！他說他把梅酒當麥茶喝了。」

「這種搞錯的方法也太神奇了。啊，真的耶，他好像真的喝掛了。小老弟，你沒事吧？妳帶他去二樓。我等一下拿水上去給他。」

我幫山之內脫鞋，和自己的鞋一起塞進樓梯旁邊的鞋櫃。

推著山之內爬上二樓。陡得要命的臺階真是累死我了。

老闆還是單身，二樓是他的起居空間。樓梯盡頭的正前方是和室，和室左邊還有個洋室。

我一把推開和室的紙門。

四坪左右的榻榻米房間，充滿污漬的天花板吊著四方形的燈具，是那種拉繩式的開關。壁櫥和入口都是紙門，但也已經泛黃斑駁，滿是破洞。只有一扇窗戶，上面是老舊的空調系統。

座墊堆在房間的角落，旁邊是書櫃，塞滿了書，幾乎都是漫畫。

亞伯也來了，正躺在榻榻米上看漫畫，看到山之內搖搖晃晃地走進來，嚇得坐起來，露出有些膽怯的表情。

亞伯極度怕生。

「別害怕。」我對他露齒一笑。看到我臉上的微笑，亞伯放下心來。

「亞伯，把那邊的座墊拿來，我要讓這傢伙躺下。」

我將又薄又扁的座墊對折，朝山之內招手：「過來！」山之內乖乖地躺下，把頭枕在座墊上，就這麼閉上雙眼。我才要佩服他真好睡啊，他又突然坐起來。

嚇得趴在地上觀察山之內的亞伯險些魂飛魄散。

「請幫我保密！」

「保什麼密？」

「絕對不可以告訴別人，我是從蒼洋中學轉過來的。」

「蒼洋中學？」

「沒錯。妳沒聽過嗎？」

「沒聽過。是你以前上的學校嗎？」

「居然有人沒聽過蒼洋中學。」

「我對別人念什麼學校又不感興趣。」

「……那可是只有非常聰明的人才考得上，非常厲害的學校喔！」

正好端水上來的老闆一臉驚訝地說：

「聽說每年都有上百人考上東大，畢業生不是政治家，就是大學教授或醫生，是頭腦聰明、家境又好的少爺念的學校。」

「是嗎，完全是另一個世界呢。」

「如果是真的，小老弟為什麼要轉來公立學校？好不容易考上那麼好的學校，轉學也太可惜了。」

老闆把水杯遞給山之內問道。

「……因為我被退學了！」

山之內大吼大叫，一口氣喝光杯子裡的水，然後四腳朝天地躺在榻榻米上，這次真的鼾聲大作地睡著了。

亞伯從壁櫥裡拿出毛毯為他蓋上，嚴嚴實實地蓋到下巴。

把山之內交給老闆和亞伯，我離開「容身處咖啡館」。真受不了，終於可以去托兒所接奈津希了。

媽媽最近早上都起不來，白天還可以稍微振作一下，把洗好的衣服拿出去曬，可是一到傍晚又累得癱在床上，所以接送奈津希去托兒所的任務就落到我頭上了。

奈津希已經三歲了，身體還是很虛弱，異位性皮膚炎愈來愈嚴重，一抓，白色屑屑就滿天飛，太累也會馬上感冒發燒。今天也是隔了三天才又去托兒所，所以我原本想早點去接她。

唉，為什麼我的家人都這麼體弱多病。

怨天尤人的情緒再度湧上心頭。

生下奈津希後，媽媽有段時間變得很有精神，不再出現恐慌症的症狀，就像到處都有的平凡母親，做家事、帶小孩。

然而，從奈津希滿一歲、我上國中的那年夏天起，媽媽又開始把「心臟跳得好快」「喘不過氣來」「睡不著」等頹喪的字眼掛在嘴邊，再也不化妝，也不做家事，最後連電視都不看了，飯也不吃，除了去看醫生以外，幾乎足不出戶。

媽媽又多了一種叫「憂鬱症」的新病名，吃的藥也變多了。

我認為那是因為換了社工人員的關係。

爸爸死後，我們家的生活陷入困境，開始接受所謂的「生活保護」。

市公所有個叫生活支援課的單位，不時會派社工來我家探視，起初來的阿姨非常親切。

「別急，慢慢來。現在只要考慮自己的身體和孩子們的事就好了。生活保護的制度就是因為這樣才存在的，有什麼困難都可以跟我商量。」

阿姨的體型圓滾滾、胖墩墩，真的陪媽媽討論了很多問題。每次阿姨來我們家，媽媽的眼睛就會像個孩子似地閃閃發光。

可是後來負責我們家的社工換人，新來的社工是個年輕的男生，鼻子旁邊有一顆很大的黑痣。體型和措辭都給人不真誠的感覺。

「托兒所有名額了，奈津希也一歲了，不如送她去托兒所吧。托兒所近年來都很搶手，佐野太太，妳真是太幸運了！」

話說得很親切，但意思其實是「妳打算接受生活保護到什麼時候？快點出去工作，自己賺錢」。

「恐慌症？是沒錯啦，可是妳最近不是都沒發作嗎。醫生也說妳的腎臟功能最近好了很多，差不多可以開始找工作了。」

「那個……不能再給我一點時間嗎？奈津希的身體還不是很健康……而且我也還沒有自信可以出社會工作……」

「佐野太太，妳是不是太懶散了。」

社工突然大聲起來。

「妳領的救濟金可不是從天上掉下來的錢，是從全體國民拚命工作，繳納的稅金裡提撥出來的預算。我知道妳身體不好，還帶著孩子非常辛苦，但依舊希望妳能在能力所及的範圍內出去工作賺錢。

救濟金在國家預算中占的比例愈來愈高，要是全額支付給所有需要救濟的人，可能會演變成財政問題。就是這麼回事，請妳跟醫生商量一下，盡可能出去工作吧！」

媽媽聽得快哭了，當天晚上，久違的恐慌症就發作了，被救護車送去醫院。從那天以後，症狀一日比一日嚴重。

我不喜歡那個社工，但總覺得媽媽也有問題。

我從以前就覺得，媽媽一遇到不如意的事，就會馬上選擇逃避。在爸爸開的店裡幫忙時，也因為害怕客人發酒瘋，動不動就請假不去上班。

我上幼稚園及小學的時候，媽媽也堅稱「因為我身體不好」拒絕擔任家長會的幹部，因此就連一個媽媽圈的朋友都沒交到。

「抱歉吶。」

媽媽曾經向我賠不是。

「抱歉我是這樣的媽媽。我既膽小，又軟弱，什麼也做不好，真抱歉吶。」

與其向我道歉，我更希望她能再有韌性一點。雖然高中都沒念完，又有社交障礙，但媽媽長得還不錯。要是我也長得那麼好看，光靠長相就能信心十足地活下去了。只有一張臉好看，其他什麼都不行的媽媽可曾想過，她害我吃了多少苦？

國一那年冬天，我退出壘球社。

社團活動非常開心，但是為了做家事和照顧奈津希，我根本沒有時間練習。

我每天都要哄哭鬧不休的奈津希、去超級市場採買做晚飯的材料、餵她吃飯、幫她洗澡。

然後是國二那年的冬天。

發生了更不堪的事。

媽媽去看醫生的回家路上，不小心弄丟錢包。幸運的是第二天就接到警察的電話，說是錢包找到了，可是事情有點複雜。

因為錢包裡有張接受生活保護的家庭都會有的「假日、夜間等診療依賴證」。

接受生活保護的人沒有健保卡，臨時生病的話，要先向負責的社工人員報備：「我想去看醫生。」再由社工幫忙掛號。

可是假日或夜間找不到社工人員幫忙，要自己拿這張依賴證去看醫生，才能免費接受治療。

正因為如此，最好不要被別人看到那張卡。

「真令人羨慕啊。」

媽媽弄丟錢包的第三天，我一到學校，就遭到齋藤的調侃。撿到媽媽的錢包，送到警察局的人剛好是齋藤的母親。聽說是在去超級市場打工的路上撿到。齋藤的母親檢查錢包裡的東西時，發現那張證件。上面清清楚楚地寫著名字，所以齋藤的母親馬上就想到我媽。小學的家長會，因為媽媽拒絕擔任幹部，結果幹部的差事就掉到齋藤的母親頭上了。

「聽說接受生活保護的家庭啊，看醫生都不用錢是嗎？」

齋藤故意強調「生活保護」的發音，為的就是讓所有人都聽見，還用討人厭的眼神盯著我看。

「真好啊。不用工作就有錢拿，如今連看醫生也不用錢。哪像我們家，爸爸從早到晚開卡車工作，媽媽也每天都要去超市為商品上架下架，兩個人忙到腰痠背痛，去醫院還沒辦法免費看診，醫藥費一毛都沒有少收。」

我想回嘴，但是又不知道該怎麼說才好。

因為齋藤說的沒錯。

而且我也從社工口中得知，我們家領的救濟金確實有一部分是齋藤父母工作賺錢繳納的稅金。

「是不是有點不公平啊？」

齋藤尖銳的眼神變得更加苛刻，狠狠地瞪著我。

「怎麼想都是接受生活保護的家庭比較有利嘛。都已經得到那麼多好處了，還試圖隱瞞，真是太狡猾了。我媽也很生氣。所以我有個想法，只要讓接受生活保護的人全部穿上寫著生活保護的T恤不就好了？既然靠大家養活，這不是天經地義的事嗎。」

「說的也是。」我也不甘示弱地瞪回去。

腦海中燃燒著我也不是很清楚的情緒，可能是憤怒，也可能是自憐自傷。

「我們家都靠大家養活，真是感激不盡。」

我衝向走廊的置物櫃，拿出體操服，從正要在模造紙上寫下打掃班表的清潔股長手中搶過油性筆。

在體操服的正面寫上大字的「生活保護」。

再翻過來，在背面也寫下「謝謝大家」。

衝進女生廁所，脫掉制服上衣，穿上體操服。

當我穿成這樣回到教室，所有人都往兩邊閃開，齋藤也錯愕得說不出話來。

我覺得痛快極了。雖然不知道有什麼好痛快的，但就是覺得很痛快。

年輕的級任男老師衝進教室，脫下自己的夾克，披在我身上，帶我去教職員辦公室，以一種戒慎恐懼的態度問我出了什麼事，我一句話也不肯說。

後來齋藤也被叫去辦公室，被老師狠狠地教訓了一番，但那才不關我的事。

大概得買新的體操服了。慘了，這筆錢要從哪裡來？

我記得自己只在乎這件事。

幸好在義賣的跳蚤市場免費得到了沒賣出去的體操服，雖然是舊衣服，但很乾淨，尺寸也剛剛好，所以我又穿著跟大家一樣的體操服，跟大家一起上課。

可是從那天起，我的心情就再也無法回到從前。

我是靠大家養活的。

接受大家的施捨。

雖然我早就隱隱約約察覺到這點，可是當這點化為文字，無所遁逃地出現在我面前，還是無法不覺得自己矮別人一截。

問題是——這是我的錯嗎？

就算接受生活保護很不公平，但接受保護的是媽媽，我又能拿她怎麼辦呢？生在這種家庭，我很抱歉。可是我非得向大家道歉不可嗎？

已經夠了，我不需要。我不想再接受施捨了！

我想大聲拒絕，可是如果沒有那筆錢，我們家的生活馬上就會陷入困境。如果可以選擇的話，我也希望能有一對更正常的父母。

剛才那傢伙想必有一對正常的父母吧。我沒聽過什麼蒼洋中學，但光是可以報考國中，就已經跟我們家天差地別了。

大家都可以去學費很貴的補習班上課，晚上有家裡準備的便當可以吃，補習班下課時，家長還會開車來接，一旦考上，家長會手舞足蹈地高呼萬歲，然後再付很貴的學費讓他們去上私立中學。

看在我眼中，根本是另一個世界的人。

他叫山之內是嗎？

他說他被以前念的私立中學退學了，當時他有哭嗎？

太天真了。真的，太天真了。

他們家肯定很有錢。明明是溫室裡的花朵，還在那邊哭哭啼啼。

——請幫我保密——

我想起他剛才說的話。

——絕對不可以告訴別人，我是從蒼洋中學轉過來的——

原來如此，不可以說啊，那我偏要說。

內心湧出充滿攻擊性的情緒。這種情緒是怎麼回事？

我跟那傢伙無冤無仇。既然是住在另一個世界的傢伙，就跟我沒關係。

我只是覺得很火大。感覺就像我已經餓到前胸貼後背了，那傢伙卻把看起來很好吃的麵包吃得很難吃的樣子。

我又想起剛才在「容身處咖啡館」遇到的亞伯。那孩子跟我一樣，都是窮鬼。亞伯今年國中一年級，就讀於隔壁學區的中學，與母親相依為命。他母親每天從一大早工作到三更半夜，很少在家。

我們在市公所開設的免費補習班「青空」裡相遇。

「青空」每週為中低收入戶的孩子開兩堂課，提供點心，由義工擔任的老師以「我幫你看一下功課吧？」的程度教孩子們讀書，所以我也去上過一段時間。

可是自從發生「生活保護體操服事件」以後，我就再也不去了。

因為被其他人知道了，又要說可以上免費的補習班不公平了。

結果亞伯也跟我一起不去了。亞伯莫名依賴我，在「青空」也像隻大型雛鳥似地跟在我身後。

亞伯的成績爛到就連「青空」的老師也跌破眼鏡的地步，他是真的不會讀書。

即便如此，多虧在「青空」學習的成果，亞伯總算學會簡單的除法。但是再這樣下去，不僅國中的課業絕對跟不上，大概也考不上高中，將來無疑一片黑暗。

對了，我靈機一動。

不如讓剛才那個轉學生山之內教他。

我知道那傢伙不想讓別人知道的祕密，不就能以不告訴任何人為條件，要他當亞伯的家教嗎。當然跟「青空」一樣，要免費教學。

「真是好主意。」

我自言自語地說道，感覺心情舒坦了點。

「我要讓那傢伙為我做牛做馬！」

太愉悅了。「施捨」這種事，如果從「接受對方施捨」的角度來想，確實會覺得很窩囊，但如果從「強迫對方施捨」的角度來看，原來這麼爽快。我想使勁強迫對方施捨，尤其是那些家裡有錢還不知感恩的傢伙。

托兒所的建築物映入眼簾，在夕陽的照射下染成橘色。

想到奈津希撲進我懷中的溫暖，我不禁笑逐顏開。

3 衝擊

山之內和真

頭好重，一直反胃。

微微撐開眼皮，隱約看見充滿污漬的天花板與吊在天花板上的四方形電燈。

這裡是……哪裡？

突然有張人臉出現在視線範圍的正中央，咖啡色的皮膚，看起來硬梆梆的鬈髮、扁扁的鼻子、尾端往下垂的雙眼皮、厚厚的嘴唇……外國人？

「哇啊！」

我猝不及防地猛然坐起，那個男生也嚇得瞪大雙眼，從我身上彈開。

彼此都露出驚魂未定的表情，完全處於狀況外。現在到底是什麼情況？

這時，耳邊傳來「咚咚咚」有人上樓的腳步聲，紙門「唰！」地一聲打開，頭髮稀疏的大叔探頭進來，這次明顯是日本人。

「哦，你醒啦，小老弟。」

「請、請問……」

我按住匡匡作響的腦袋，擺出隨時都能逃跑的備戰架勢問道。

「這裡是……哪裡？我怎麼了……」

「哇哈哈！」介於中年與老年之間的男人快活地笑著說：

「小老弟，你不記得啦。你不小心把梅酒錯當成麥茶喝掉了。」

「啊……」

今天的記憶有如快速倒帶的影片在腦海中回放。

對了，我不小心喝到梅酒，心情變得飄飄然，電車坐錯方向，在學校那一站下車，結果陷入沮喪的心情，從天橋往下看的時候，有人從後面用力拉了我一把，害我一屁股跌坐在地上，額頭還被對方狠狠地彈了一下……。

我記得那個人是和我同班的女生——佐野同學。

但是我沒有接下來的記憶。記憶缺失了一角。

「這裡是我開的咖啡館二樓。樹希帶了喝醉的你過來。真是的，怎麼每個人都往我這裡跑啊。」

大叔露出不敢苟同的表情，對貌似外國人，抱著膝蓋，坐在房間角落的男生說：

「亞伯，別怕！這傢伙是樹希的同學。乖，到這邊來。」

男生聞言，趴在榻榻米上，慢吞吞地爬過來。爬到我身邊，乖巧地正襟危坐。

少年龐大的身軀很結實，就像柔道的無限量級選手，長相還非常稚嫩，有點像黑人，但膚色沒那麼黑。臉頰膨膨的，看起來也有點肖似地藏菩薩。

「這小子叫亞伯。渡邊亞伯，國中一年級。」

大叔為我介紹。

「為你蓋被子的也是這小子喔，你要感謝他。」

「……謝謝你。」

我無可奈何地向那位名叫亞伯的少年低頭致謝，少年並不回答，只是低著頭，一聲不吭。他不會說日文嗎？

問題是，這樣的體格才國一？很難想像他不久之前還是小學生。

這時，我忽然想起一件事。

「現在幾點了？」

「呃……八點多了吧。」

「什麼！這麼晚了……。補習班都快下課了……。我本來要去補習的說。」

「這也沒辦法，今天就死心吧。你說你以前是蒼洋的學生？既然這麼聰明，一天沒去補習也不會死。」

「什麼？」

我嚇得臉色發白。

「你你你、你怎麼知道我以前是蒼洋的學生？」

「是你自己說的啊！你不記得啦。」

我感到一片暈眩。居然在記憶斷片的時候不小心說溜了嘴。

「啊，這麼說來，你確實鬼吼鬼叫地說：『請幫我保密！』當時聲音可大了。哈哈！完全是發酒瘋時會有的反應呢。」

入口處的紙門在因為大受打擊而變得一片漆黑的視線一角被拉開，有個短髮女生站在門口。

佐野同學──和我同班的佐野樹希。

眼神與在教室裡的時候一樣銳利，臉上掛著瞧不起人的冷笑。

「樹希，妳又來啦？」

大叔一臉厭煩地說。

「這裡可不是妳家，妳不要每天都跟亞伯窩在這裡。」

「有什麼關係。」

「是沒關係……吃過飯了嗎？」

「吃過了。也餵了奈津希。今天還幫她洗了澡，在異位性皮膚炎的地方擦藥，該做的事都做了，接下來是我的自由時間。」

「妳真的很盡職，這點我承認，可是啊……」

「啊，討厭啦！別管我了。你聽，樓下有客人叫你。」

樓下傳來女人高八度的聲聲呼喚：「有人在嗎？」「有人在嗎？」大叔趕緊下樓，回到店裡。

「你是山之內吧？」

佐野同學面向我說道，語氣意外柔和。

「我會幫你保密。」

可是眼神有如盯住獵物的山貓。

「你不想別人知道你是因為被蒼洋中學退學才轉學過來吧？你做了什麼事？偷東

西？還是亂摸女生？」

她問得太突然，我的腦筋頓時停止運轉，看樣子我也跟她說了我被退學的事。

我啞口無言，以求救的目光看著佐野同學。

拜託，別說出去。算我求妳，別告訴任何人。

「但我可不會平白無故幫你保守祕密。」

佐野同學臉上浮現出不懷好意、幸災樂禍的笑容。

「從今以後，你要來這裡教這小子……教亞伯讀書。」

她指著坐在旁邊，靜靜地看著我們的少年。

「而且當然是免費。這是我幫你保密的條件。」

「妳這是……這是在……威脅我嗎？」

「別說得那麼難聽，才不是威脅，我只是提出一個交易。」

「才怪……這根本是不折不扣的威脅嘛。為什麼我一定要來這裡，教這個人讀書呢？莫名其妙。」

「莫名其妙也無妨，你沒有選擇。不用每天來，一個禮拜來幾次就行了。」

「可是……」

「少囉嗦！」

佐野同學不由分說地打斷我的抗議，以山貓般的眼神瞪了我一眼。

「你不來也沒關係，頂多就是你不想被別人知道的事在學校裡傳得人盡皆知就是了。」

我身邊一定充滿了惡運的磁場，所以才會接二連三發生倒楣事。

佐野同學跟我到底有什麼深仇大恨？為何要這樣威脅我？

不僅如此，家裡也雞飛狗跳。

補習班打電話去我家，說我今天沒去上課，媽媽也不知道我去了哪裡，驚慌失措地到處打電話找我。爸爸還從醫院早退，住在附近的奶奶也跑來我家，就在大家決定要報警的時候，我終於回家了。

「拜託妳給我振作一點！」

爸爸從剛才就一直在責備媽媽。

「沒事幹麼把梅酒裝進麥茶的瓶子，還冰到冰箱裡。都怪妳做出那種會讓人搞錯的事，萬一急性酒精中毒怎麼辦，嚴重的話可是會死人的。」

「對不起……」

媽媽低著頭，以細如蚊蚋的音量賠不是。

「和真，你也有責任。」

爸爸這次又把矛頭指向我。

「喝醉了在超級市場的美食街休息，不小心睡過去是怎麼一回事！」

爸媽問我在哪裡做什麼時，我下意識地撒了這樣的謊。因為如果據實以告，事情會變得愈發不可收拾。

「搞不好會通報學校喔。為什麼不在睡著前先打通電話回家？」

「那個……和真好像打了我的手機，可是我沒注意到。」

「妳到底要失職到什麼地步啊！」

媽媽的解釋反而讓爸爸的表情愈來愈難看。

「要是妳接了電話，不就馬上知道出了什麼事嗎。我也不用丟下住院病人趕回來了。」

「……對不起。」

「別再怪香澄了。」

微弱但充滿威嚴的聲音從沙發上傳來，是奶奶。

奶奶是爸爸的媽媽，已經年過七十，卻連眼妝都化得一絲不苟，灰白的短髮也打理得有型有款，散發出暹羅貓般的氣質。

爸爸立刻閉上嘴。

「沒必要氣成那樣。這件事說到底還是我的錯，都怪我不該帶梅酒來。」

「不，媽，別這麼說……」

媽媽戒慎恐懼地說。

奶奶和媽媽乍看之下是對感情很好的婆媳，奶奶常送媽媽一些她自己年輕時穿的和服及腰帶。可是我從小就知道，奶奶一點也不喜歡媽媽。

「你媽有點笨手笨腳，都這麼大了，還不會自己綁腰帶。」

單獨和我在一起的時候，奶奶曾經這麼數落過媽媽。

「明明是幫狗剪頭髮的人，為什麼會這麼笨手笨腳呢？」

「幫狗剪頭髮的人」這種說法也隱隱約約透露著一股瞧不起人的鄙夷味道，儘管我當時年紀還小，卻也聽得心裡一驚。

奶奶在東京的有錢人家出生、長大，從女子大學畢業，婚前在廣播局當祕書。

相較之下，媽媽來自鄉下的農家，在寵物店當寵物美容師，去醫院看感冒的時候認識了爸爸。

從用「幫狗剪頭髮的人」來代替「寵物美容師」這點，我就能察覺到奶奶怎麼看待媽媽，感覺非常不舒服。

「總而言之，和真沒事真是太好了。」

奶奶坐在客廳裡就能讓爸爸閉嘴，臉上浮現一抹微笑。

「發生這種事，今天是泡湯了，明天再好好加油就行了。雖然在蒼洋發生過很多不愉快的事，但只要努力，遲早會有柳暗花明的一天。問題是要念哪所大學。」

爸爸對奶奶說的話點頭如搗蒜。

奶奶和爸爸都很愛看一本書，那就是每年春天發行的雜誌。

雜誌裡有篇名字特別長的特別報導〈全國高中難考大學合格人數排行榜〉。

他們每年春天都要看那本書，確認爸爸的母校，那所知名升學高中的成績。

母子倆坐在一起，專心地看那篇報導，一旦排名比去年進步，心情就會變好，反之則會變差，還會互相抱怨：「排名居然比某某高中還低，真丟臉。」

以上的光景每年都要重複一次，也不嫌膩。因為字體很小，盯得累了，兩人還會不約而同地點眼藥水的樣子著實可笑，可是一想到當我被蒼洋中學退貨時，他們肯定也說過「真丟臉」這種話，我就笑不出來了。

「穗波也是。」

奶奶轉頭對妹妹說。妹妹穗波今年才國小四年級，除了芭蕾舞和英文課外，也跟我一樣，開始上準備考試的補習班。

「別擔心，只要腳踏實地地努力，補習班的成績一定能進步。」

穗波坐在客廳角落玩平板電腦，視線始終鎖定螢幕，一臉不耐煩的表情。穗波不是很喜歡讀書，補習班的成績也敬陪末座。

「妳聽見了嗎？看著奶奶。」

「……就好了。」

「妳說什麼？什麼東西就好了？」

「就算考上好學校，萬一像哥哥那樣就慘了。所以穗波念公立學校就好了。」

穗波丟下這句話，將平板扔在沙發上，走出客廳。

隨後傳來用力甩門的砰然巨響。

「穗波！妳對奶奶這是什麼態度！」

爸爸打開關上的門，對著門外怒吼。

媽媽趕緊站起來，背對我們，開始擦拭餐具。

唉，明明是自己家，我卻覺得這裡沒有我的「容身之處」。

第二天，我半是自暴自棄地答應了佐野同學的交易。

絕不能讓她曝露我的過去，所以我根本沒得選擇。

「我每週有三天要補習，所以只有一天能去給亞伯上課，可以嗎？」

我在沒什麼人會經過的走廊盡頭向佐野同學求饒。結果她說：「一個禮拜有七天，扣掉去補習班的那幾天，還有四天不是嗎？」

「我沒參加社團，所以還有四天沒錯，可是如果我三天兩頭不在家，我爸媽必然會起疑。」

「那……至少每週兩天，你禮拜幾可以？」

「一、三、五要補習，所以扣掉週六日，只剩下禮拜二和禮拜四。」

「好，那就禮拜二和禮拜四。你要是敢放亞伯鴿子，我絕對饒不了你。」

我承受著良心的譴責，告訴媽媽我每週二、四要先去學校附近的圖書館看點書再回家，媽媽聽得眼睛都亮了。

「太好了。媽媽其實很擔心，從蒼洋轉學後，你是不是有點自暴自棄。既然你這麼有心學習，表示已經沒問題了。你變得堅強了，媽媽應該更相信你一點，對不起。」

「不不不，沒這回事……」

我既不想努力，也沒有變強，只是剛好天降橫禍，只好束手無策地任人宰割。

星期四。

我依照佐野同學畫給我的地圖，前往上次的咖啡館。佐野同學說她家裡有事，晚點才會過來。

我一個人走得到嗎？畢竟上次去的時候處於醉茫茫的狀態，回程又因為打擊太大，整段路都一片空白，根本不記得地點。壓力讓我心情惡劣，腳步也很沉重。

轉過林立著住商混合大樓的馬路，鑽進巷子。

馬上就發現兩層樓的小巧建築物和立在地上的手寫木製招牌。

「容身處咖啡館」

看到店名的同時，內心湧起一股不知該怎麼形容的情緒。

容身處、容身處……。那是我夢寐以求，卻又得不到的東西。居然是用這種形同威脅的方法，強制我進入求之不得的「容身處」，未免也太諷刺了。

我放棄掙扎，打起精神，推開咖啡館的門，掛在門板上的風鈴發出介於叮叮噹噹與匡啷匡啷之間的聲響。

「哦！你來啦，聰明的少年。」

我記得這位大叔……咖啡館老闆喜上眉梢地迎接我。

「樹希告訴過我了，說你願意教亞伯讀書。你真是太善良了！上去二樓吧，亞伯已經來了。」

我把鞋子放進樓梯旁邊的鞋櫃裡，幾乎是被老闆推著屁股上二樓。

推開和室的紙門，房裡擺出了矮桌，上次見到的大塊頭少年躺在榻榻米上看漫畫。貌似已經從制服換回便服，身上穿著袖子有點短，頗為陳舊的綠色運動服。

一看到我，立刻露出難以形容的抗拒表情。

「亞伯，你很討厭學習嘛。」尾隨我上樓的老闆喃喃低語。

「不過這小子只聽樹希說的話。樹希要他星期二和星期四放學後來『容身處』，說你會來教他功課。他大概是在樹希的命令下，心不甘、情不願地來，所以可能無心向學。」

「這樣啊……。既然如此，比起我來，不如請術業有專攻的大學生來當家教、或是去補習班比較好吧……」

「就是因為沒有錢請家教和去補習班，才會拜託你啊。樹希沒跟你說嗎？」

老闆一臉傻眼地看著我。

「亞伯和樹希上過免費的補習班，可是自從樹希不去以後，亞伯也不去了。兩個人幾乎每天都在這裡無所事事地滾來滾去。」

「免費的補習班？有這種補習班嗎？啊，是那種為了讓成績優秀的人來自己的補習班，答應他們可以不用繳學費的那種嗎？」

「你聽到哪裡去了。」

老闆用雙手按壓自己的太陽穴。

「是市公所開的補習班啦，專門幫助家裡有問題、家境很貧窮的孩子們。」

「也就是說，他們兩個的家境都不好……」

「沒錯。亞伯家只有母親工作賺錢養家，樹希家則是接受生活保護的家庭。啊，慘了。因為你不曉得聽到哪裡去了，害我不小心說溜嘴。忘了我剛才說的話。」

「那個……請問佐野同學和亞伯為何會經常出現在這裡？你們是親戚嗎？」

「樹希小學的時候加入過少年棒球隊，我是棒球隊的教練。樹希是很優秀的投手喔！後來我開了這家店，沒辦法繼續當教練，就辭職了；那孩子家裡也出了很多事，所以也退出棒球隊。這就是我們的關係。」

「如果只是這樣的關係，有必要照顧別人家的小孩嗎……」

「哎，什麼有必要沒必要的，你煩不煩啊！來都來了，我能把他們趕出去嗎？只好勉為其難地照顧一下嘍！」

老闆大吼一聲，我只得閉上嘴巴。

來都來了，我能把他們趕出去嗎？當然可以啊。

這家店是他開的，與其這樣氣沖沖地發牢騷，還不如請他們離開。蒼洋中學不就是這樣翻臉無情地請我離開嗎。

「……要是我也能教他們讀書就好了。」

老闆用手搔了搔沒幾根頭髮的額頭，露出自慚形穢的表情說：

「可惜就如你所見，我一沒時間，二沒學問，所以我很高興你願意來幫忙。問題到此為止，開始工作吧。亞伯，把漫畫收起來，好好地向小哥哥問好，說『請多多指教』。你也知道吧，不可以偷懶喔。」

老闆又快又急地講完這一大串，下樓回店裡忙。

剩下我與亞伯獨處，緊張死我了。

老闆形容他們是「家裡有問題、家境很貧窮的孩子」，難怪……我想起佐野同學那凌厲無比的眼神，以及對我充滿攻擊性的態度。

與以前欺負我的小學同學簡直一模一樣。造謠說我是大少爺、優等生，想方設法敵視我。

憑良心說，我不知道該怎麼跟生活水準太低的人相處。我害怕，同時也討厭他們。無論是補習班還是蒼洋中學都沒有這樣的人。我完全不了解他們的生活，也不知道他們在想什麼，就像眼前的亞伯……。

當我膽戰心驚地縮著身子，亞伯突然站起來。

好大一隻。

他比身高一百六十五公分的我高出許多，胸膛也很厚實，光看外表就充滿了壓迫感。

我忍不住以正襟危坐的姿勢後退。既然他姓渡邊，就表示他的爸爸或媽媽是日本人，但長相與外國人無異，讓人聯想到出現在電影裡的黑人保鑣。

我長這麼大還沒認識過半個黑人，正因為不了解，所以更害怕。

但亞伯只是乖巧地把手裡的漫畫放回書架上，然後一臉無奈地回來，從自己的書包裡拿出筆記本和鉛筆盒，窸窸窣窣地用大手不曉得在寫什麼。寫好後，把筆記本推到我面前。

字體小到分不清是字還是螞蟻，跟他的體格形成極大的反差，幸好還看得懂他寫了什麼。

請多多指教

筆記本上以鬼畫符的平假名寫著如假包換的日文。

咦？我意外地望向亞伯，他扭扭捏捏地低著頭。不同於外表給人的壓迫感，亞伯似乎很害羞。

緊張地呼呼喘著大氣，低垂的雙眸不安地轉來轉去，讓人聯想到惹人憐愛的法國鬥牛犬。

問題是，為什麼打招呼要用寫的？

難道亞伯聽不見嗎？聽說這種人通常也不會說話，因為聽不見自己的發音。

你聽得見我說話嗎？

我提心弔膽地寫在筆記本上問他，亞伯毫不猶豫地點頭。

耳朵沒有問題……。既然如此，為什麼要用筆談？

「難不成……你發不出聲音來？」

他又點頭。

為什麼？我正想問他，卻又把話吞回去。因為我怕問了不該問的問題會惹他生氣。

「所以你回答我的問題都要寫在筆記本上嗎？」

他再度點頭。

「佐野同學要我來教你功課，你希望我教你哪一科？」

亞伯側著頭，陷入沉思。可能是我問的方式不對。

「告訴我，你比較不會哪個科目？」

亞伯又陷入沉思，過了好一會兒才開始寫字。

全都不會。我很笨。我是笨蛋

亞伯難為情地低下頭，又開始喘著粗氣。

看到他寫的字，我感覺心臟好像被揪住了。

在蒼洋中學吊車尾的記憶歷歷在目地浮現眼前。

完全跟不上老師上課的進度，每天都充滿了挫折感。既然能考上蒼洋中學，想必我的頭腦也不算太差，但顯然還是比其他同學都笨。這讓我覺得非常悲慘。不得不承認自己很笨是一件非常痛苦的事。真的很痛苦。

那一瞬間，我不再懼怕亞伯，反而產生類似同病相憐的心情。

「你才不是笨蛋。」

我情不自禁地真心說道。見亞伯一臉呆滯，我繼續解釋：

「因為你是想從客觀的角度看自己……」

我搜索枯腸地試圖找出更淺顯易懂的字句。

「我的意思是說……你其實是想站遠一點，想看清楚自己，想更了解自己。我認為這種人才不是笨蛋。」

亞伯縮起壯碩的身軀，吊著眼珠子，直勾勾地盯著我看，好半晌，終於露出稍微放下心中大石的表情。

「你想從哪裡開始學？只要是我能教你的，我都會教你。」

亞伯用咖啡色的手指把筆記本拉回自己面前，用截至目前最大的字體寫下：

除法

4 忍耐

佐野樹希

肩膀上掛著學校的書包，左手牽著奈津希，右手提著超級市場的黃色塑膠菜籃。

「我要尿尿！」

奈津希兩條腿內八地抬頭看我。

「欸，剛才在托兒所不是才上過嗎？」

「沒有，我正想去上廁所的時候，老師說她要念圖畫書，叫大家集合，我也去了，結果就忘記要上廁所了。」

我不禁在心裡低咒一聲。

「為什麼不去？想也知道要先上完廁所，再去聽老師念圖畫書啊！」

我放回菜籃，總之先離開食品賣場，前往位於二樓的洗手間。

我抓緊奈津希隨時都想甩開我往前走的手臂，奈津希訥訥地道歉：「對不起。我可以忍耐，不尿尿也沒關係。」

我心想這下糟了。奈津希才三歲，居然讓三歲孩童看我的臉色，我是怎麼了。我應該對她更溫柔一點，但我很容易失去耐性。畢竟我也才國中三年級。

「不用忍耐！」

我放鬆抓住她的力道，勉強自己擠出甜美的聲音。走進洗手間，我把奈津希塞進廁所，關上門，用腳尖頂住門，不讓門打開。

奈津希還不敢在鎖住門的洗手間上廁所。

「欸，好好噢。妳爸媽要買智慧型手機給妳啊？」

「嗯，不過得先考上第一志願的高中才行。」

先來的兩個國中生正對著洗手臺的鏡子梳頭髮。

「小萌也請妳爸媽買給妳嘛。」

「我爸媽是小氣鬼，百分之兩百會要我打工自己買。」

「可以打工不是很好嗎！只要去念能打工的高中就好了。學姊說，在打工的地方還可以交到男朋友。」

妳們可好了。

我從她們身上移開視線，以免湧上心頭的情緒氾濫成災。可惜防堵得並不順利，這次換成艾瑪的臉浮現在我眼前。

我們最近很少交談，艾瑪明明是我的兒時玩伴……

那傢伙上次也說過同樣的話。艾瑪的父母都在大公司上班，肯定有錢買手機獎勵她。她還沾沾自喜地說，她當老師的舅舅也很疼她，每年都會送她生日禮物。

內心充滿羨慕嫉妒與顧影自憐的心情。我既沒有那樣的父母，也沒有那樣的親戚。只有從早到晚躺在床上，一點用也沒有，連奈津希都照顧不好的媽媽。

我當然也想打工，可是負責我們家的社工告訴過我，家裡請領救濟金的小孩不能出去打工。

「我是說萬一，萬一臨時有什麼收入，一定要讓我知道喔。不管是只打一天工，還是做家庭手工，都要讓我知道。」

「什麼?上次你也問過我們家的存款。如果每件事都要向你報告，我們根本沒有隱私可言了。」

我替只知道聽的媽媽回答。

「嗯……在接受生活保護的期間就是有這樣的義務喔，樹希。」

社工臉上掛著似笑非笑的尷尬表情。

「明明有收入，卻不據實以告，還請領救濟金的話，會有『詐領救濟金』的罪嫌喔。為了以備不時之需，稍微存一點錢是可以的，但不能存太多錢。再說了，如果沒有別的收入，應該也沒辦法存錢……」

「我們家又沒有那樣！」

「嗯嗯，我知道妳們家沒有這麼做。只不過，確實有些接受生活保護的人會鑽漏洞，所以上頭交代我們要跟所有人說清楚。」

「是噢。」

「所以請樹希記住，等妳上了高中，或許會去打工，到時候希望妳能確實地向我報告領到的薪水金額。」

「就連小孩打工的錢也要交代清楚嗎？」

「當然，因為妳也是這個家的成員。一旦家裡有人有收入，就必須減少救濟金的金額。」

「……等一下。」

我感覺腦門好像被狠狠地拍了一下。

「你的意思是說，要是我去打工，我們家可以領到的救濟金就會減少？那麼正負相抵等於零，去打工不是毫無意義嗎？」

「嗯，倒也不是打工的薪水多少，救濟金就減少多少。主要還是看用途。有一個略為艱深的名詞叫作『扣除額』……」

「那麼艱深的字眼我聽不懂！」

我氣急敗壞地提出抗議。

「總之就算出去打工，那筆錢也不會變成我的對吧！」

太荒謬了。這真是太荒謬了。

本來就已經過得夠拮据了，如果救濟金還減少，生活根本過不下去了。辛辛苦苦打工，賺的錢還不是得拿去填補因此減少的生活費。

內心湧起生無可戀的絕望，我抓起一旁奈津希的毛巾，扔向社工。

「我就算上了高中，也絕、對、不去打工！」

我一直想說等我上了高中，就要盡量打工賺錢。還以為賺的錢可以當自己的零用錢，還以為可以從五塊十塊開始存錢。

沒想到我連這點自由都沒有，連選擇未來的自由都沒有……。

即使接受生活保護，也能免費念到高中。

「以前有很多人都是國中畢業就開始工作，不過如今因為國家的制度完善，可以支援接受生活保護的小孩讀到高中畢業。」

社工一副皇恩浩蕩的嘴臉說道。當我問他那大學呢？專科學校呢？卻又苦笑著毫不留情地說：

「那就沒辦法了。」

「所以我最多只有高中學歷？」

「嗯……基本上，接受生活保護的孩子一旦高中畢業，就等於是『具有工作能力』了，政府希望有工作能力的人都能去工作。」

我就知道。雖然是意料之中的答案，還是把我的心炸出一個大洞。我對將來也有自己的夢想，可是接受生活保護的小孩顯然高中畢業就得馬上出社會工作。

無論是想繼續升學，還是想從事什麼樣的職業都是奢求。我必須邊上高中邊照顧媽媽和奈津希，而且一畢業就得馬上找工作，只要有人願意雇用我，不管是什麼工作，我都得做。

誰叫我們家是靠大家的稅金養活……

此時此刻，站在洗手間的鏡子前，笑靨如花地梳著頭髮的女生。

我無言地盯著那兩個年紀跟我差不多的背影。

沒錯，我就是太貪心。光是能念到高中畢業就已經很幸運了，居然還想談論將來的夢想，也不想想自己是什麼身分。

我以前在電視上看過，有人窮到連食物都買不起，水電瓦斯都被停掉，瘦成皮包骨死掉的新聞。

那個人曾經向政府單位請求「我想接受生活保護」，經辦人員卻嚴厲地教訓他「自己想辦法工作賺錢」，令他身心俱疲，從此不再向任何人求助，只喝公園的水，結果因為營養不良死掉了。

我們家要反過來，全方位依賴生活保護過日子，全方位到足以讓齋藤一家人羨慕嫉妒恨的地步。

兩袋四十五圓的豆芽菜、打對折的麵包、特價的豬五花肉。

前陣子，我還找到一包只要五十八圓的超便宜微波咖哩。

既不用餓肚子，又可以看醫生。我們家連空調都有，當然也有水電瓦斯，但因為要花錢，所以很少開。

謝謝大家，謝謝大家。

我念咒似地在嘴裡重複這句話，內心反而冷靜得不能再冷靜。與其說是咒語，更像是詛咒。為了讓窮人安分守己的詛咒。

嘩——眼前的單間廁所傳來沖水聲，我收回頂住門的腳尖，奈津希走出來。

「聽我說聽我說，我學會自己沖水了。」

「真的嗎？好厲害！」

我硬是擠進擋在鏡子前的兩個女生中間，幫奈津希洗手。水花四濺，逼得那兩個人往後躲。

「走了，奈津希。」

「嗯。」

我握住奈津希冰冷的小手下樓。

在食品賣場買完東西，用今日特價的雞胸肉和一顆三十圓的洋蔥做雞肉燴飯。媽媽今天也躺在床上，稍微往這邊瞥過來一眼，細聲細氣地說了聲：「對不起啊。」

桌上堆滿心理醫生開的藥，感覺醫生又換藥了。媽媽試過各種藥，始終不見起色。幫奈津希洗好澡，在皮膚炎的地方上藥。與奈津希一起吃完我做的雞肉燴飯晚餐，時間才剛過六點。該做的事都做完了，接下來是我自己的時間。房裡鬼影幢幢地吊著剛洗好的衣服，我只想離開這棟廢墟般的破公寓。

以前曬在屋子裡的衣服還曾經發霉過，家裡到底有多潮濕啊，所以黴菌才會肆無忌憚地滋長。奈津希的異位性皮膚炎會不會也是因為這樣？但就算是這樣，我們也沒錢搬去不潮濕的地方。

「我也要去！」奈津希吵著要跟，但我沒理她。

如同死去的爸爸所預言，我成為還算堅強的女生，所以才能撐到現在，所以才能每天都像是走在鋼索上地照顧一家老小還沒有崩潰，所以請給我喘息的空間，否則我下一刻就要把靈魂賣給惡魔了。

我在玄關穿球鞋時，耳邊傳來媽媽略帶不安與不滿的疑問句：「妳今天也要出去嗎？」這陣子，媽媽身上永遠是同一套起了毛球的家居服，至少換件衣服吧。

「我也覺得很過意不去……。媽媽搞成這樣，給樹希添了很多麻煩，我也想把病治好，想變得健康有活力，可是卻怎樣也辦不到……」

又來了。媽媽又開始沒完沒了地自怨自艾。

「腦子裡充滿負面情緒，總覺得已經完了、已經完了。我想放聲大喊，像我這種人，死了還比較好。」

我假裝沒聽見。求求妳了，別再繼續把我捲進妳那陰沉的憂鬱漩渦裡。

「不過媽媽還是努力地撐下來。媽媽很想尖叫，但還是忍住了。不能讓妳們聽見媽媽『想死』的心聲。媽媽雖然生病了，雖然給妳添了麻煩，依然這麼努力地忍耐，妳至少也讚美我一下吧。」

什麼？我有沒有聽錯。妳現在不就說了嗎，說妳想死。這樣還要我讚美妳？傻了嗎？妳是傻子嗎？

我咬緊牙關，硬生生地嚥下想罵回去的話。因為我想起媽媽上次也說過同樣的話，我忍不住罵回去，結果害她憂鬱症加重，一口氣吞下所有的安眠藥，整整三天都處於昏沉沉的狀態，搞得雞飛狗跳。

她是病人。這個人生病了。跟她吵架只是浪費精力。

我默默地反手關上公寓的門。

把電視機裡兒童節目的聲音、房間裡酸臭腐敗的氣味、媽媽聲淚俱下的祈求關注都擋在門內，深深地吸進一口外面的空氣。

少得可憐的自由。

一如往常地前往「容身處咖啡館」，只要去到那裡，就能躺著看漫畫，還能喝到免費的咖啡歐蕾。老闆會讓我幫忙洗碗盤或擺盤之類的小事，這也很好玩。

以前漫無目的地徘徊在深夜的街頭時，曾經被長得還不錯的男人搭訕。那個男的掏出三張萬圓大鈔給我看，在我耳邊低語：「這樣夠嗎？」三個福澤諭吉排在一起，令我失去思考能力。

「咦，這不是樹希嗎？都這個時間了，妳在做什麼？」

當時要不是老闆叫住我，我大概就跟男人走了。老闆是少年棒球隊的教練，而我加入過那個棒球隊，直到小學五年級。

我高高地舉起手，把球扔出去。

咻——砰！

球被吸進老闆手中的棒球手套裡。

「很好，樹希。妳果然有一副好肩膀！」

蔚藍的天空、泥土的氣味、隊員們的吆喝聲、心曠神怡的風。

咻——砰！

咻——砰！

久遠記憶中的聲音使我恢復正常。

從此以後，我動不動就去「容身處咖啡館」打發時間。不去免費的補習班後，我和亞伯去的次數更多了。老闆雖然絮絮叨叨地抱怨，倒也沒有要趕我們出去的意思。

對了，我差點忘了，今天是那傢伙要來教亞伯讀書的日子。

糟了，我忘了告訴那傢伙，亞伯不會說話。

推開門，門口的風鈴叮噹作響。聽說那玩意兒叫作牛鈴，是掛在牛脖子上的鈴鐺，聲音介於叮叮噹噹與匡啷匡啷之間，聽起來很滑稽。

正在吧臺裡煮咖啡的老闆看到我，露出喜上眉梢的表情，指了指二樓。

爬上陡峭的樓梯，拉開紙門，兩個男生躺在矮桌旁邊。不只是躺著，根本是睡著了。

亞伯面朝上地躺成大字形，發出熟睡的鼾聲。另一個男生——轉學生山之內也睡得很熟。側著身體縮成一團，連眼鏡都沒摘下。

但不知怎地，兩人的睡相都一臉幸福洋溢的模樣。矮桌上有兩只空的馬克杯和吃完亂扔的餅乾包裝紙，除此之外，亞伯的筆記本和文具也扔了一桌。

我翻開筆記本來看。

亞伯寫的細小數字散落在筆記本上，有如螞蟻在跳舞。

6、12、18、24、30……

7、14、21、28、35……

第一頁複習了九九乘法表。

慢歸慢，亞伯依然能正確地寫出九九乘法表。因為「青空」的老師針對乘法與除法對他進行特訓。上頭用紅筆畫了一堆圓形的花，是那種小學生特別喜歡，用來騙小孩的紅花，大概是山之內的傑作。

下一頁則是除法。

9÷3、24÷6、73÷7……如此循序漸進，愈來愈難，最後是會出現餘數的除法。

到這裡亞伯都還解得出來，真是太好了，他還記得在「青空」學會的除法。山之內又畫了很大朵的紅花。

可是從下一頁開始，進入二位數的除法，亞伯就完全不會了。

83÷25

用橡皮擦擦掉無數次，紙都磨破了。「可惜！」的紅字大概是山之內寫的。下一頁也寫著大大的算式，還有「用手指遮住3和5」和「大概是多少」的文字。

原來如此。我漫不經心地想起小學時，老師也是這樣教的。

後來亞伯又算錯好幾次，總算解出正確答案。

83÷25 的答案是3餘8。

一圈又一圈的紅花奔放有力地躍然紙上。

接下來又是一連串大同小異的直式除法，山之內用紅筆鉅細靡遺地圈出亞伯算錯的地方，不厭其煩地加以糾正，引導亞伯算出正確的答案。

這傢伙也太有毅力了。換成是我，肯定教到一半就火冒三丈。

最後的除法是 350÷120。

亞伯錯了一次一次又一次，終於在最後的最後答出2餘 110，得到截至目前最大朵的紅花，筆記本的字到此告一段落。

太好了，亞伯。你學會三位數的除法了，真是太好了。

不同於外表給人的壓迫感，亞伯其實很膽小，總是畏畏縮縮的。我聽一起在「青空」上課，跟亞伯同一所國中的人偷偷說過：「這傢伙真的很笨。」

「你在學校也這樣欺負亞伯嗎？」

我惡狠狠地瞪他一眼，那個男生手忙腳亂地同時猛搖頭和雙手。

「我才沒有欺負他！誰敢欺負塊頭這麼大的傢伙啊。不過，我們更小的時候，小孩根本不知道害怕，確實動不動就嘲笑他……。像是叫他『黑大佛』之類的。妳看看他，外表長得凶神惡煞，性格卻異常老實，反而很容易被大家說三道四，所以他就更不敢說話了。大概是從小學四年級開始，聽說他突然就不開口說話了。」

果然沒錯。亞伯的個性其實很敏感，從小就一直有人罵他是笨蛋，再加上連外表都受到嘲笑，無疑傷了他的心。我沒直接問過亞伯他為什麼不說話，但我很慶幸自己沒問。

「亞伯，你好認真吶。」

我小聲地對他說，亞伯嘟嘟囔囔地動了動嘴巴，轉向一邊，縮起身體，繼續沉睡。

山之內以相同的姿勢、同樣幸福洋溢的表情睡在一旁。

「喂，起來了。」

我搖山之內的肩膀。

「嗯？」

山之內發出受到驚嚇的聲音，睜開雙眼，一骨碌地坐起來，扶好歪掉的眼鏡。看到我的臉，露出惶惶不安的陰暗表情。

「你那表情是什麼意思？」

啊，對了，難怪他會露出這麼陰暗的表情。因為我是用這傢伙的祕密要脅他，逼他來教亞伯。所以他剛才那臉幸福洋溢的睡相才更不可思議。

「……我教會亞伯除法了。」

山之內吞吞吐吐地說明。

「雖然費了一番工夫，但他總算學會三位數的除法了。」

「是嗎。」

「亞伯是個好孩子。」

山之內看著亞伯的睡臉，語重心長地說。

「對呀，可惜有點笨。」

「別說他笨，那個字很傷人。」

「嗯哼……你很懂嘛。」

「……因為我也吃過很多苦頭。」

「你說什麼？」

我看著山之內，內心有些不以為然。

「你說你被菁英中學退學，只好來念公立國中？那種小事根本算不上什麼。養尊處優的大少爺根本沒資格說自己吃過很多苦！」

山之內的臉唰地一下紅到耳根。

不服地嘟著嘴，沉默了好一會兒。

「你太天真了！」

我以更不愉快的口吻繼續出口傷人。

「你家應該很有錢吧？家境富裕，頭腦又好。這點看亞伯的筆記本就知道，笨蛋才不會這種教法。你已經什麼都有了，別再無病呻吟，笨蛋！」

「……妳、妳、妳一面說我頭腦很好，又說我是笨蛋，不覺得自己很矛盾嗎。」

「少廢話，你這個大少爺！」

「這句話也請妳收回去，我、我、我最討厭人家這樣說我了。」

「我說的都是事實，你為錢煩惱過嗎？」

山之內似乎被考倒了，默不作聲，從我身上移開視線，扭扭捏捏地欲言又止。

「貧窮嗎……我確實沒經歷過。」

「看吧，我就知道。」

「我對此……深表同情。」

「什麼？」

一把怒火直衝腦門。

「我不需要你的同情！別用那種高人一等的態度表示同情，瞧不起誰呀你！」

「我我我、我不是那個意思！更沒有瞧不起誰。」

「少來了，你就是瞧不起人。你就是在心裡瞧不起窮人。所以我才討厭有錢人家的大少爺！」

「拜託妳，別再叫我大少爺了。」

山之內也哭喪著臉鬼吼鬼叫。

「我該怎麼做才好呢？妳根本只是想找人吵架吧。不管我說什麼，妳肯定都覺得很刺耳吧。如果我既窮又笨，妳是不是就滿意了？」

「……你們別那麼大聲。」

老闆拉開紙門，愁眉苦臉地說。

「樓下都聽見了，吵死人了。小心我趕你們出去！瞧，亞伯都被你們嚇壞了。」

定睛一看，亞伯已經坐起來，輪流打量我和山之內。

手足無措地喘著大氣，雙眼惴惴不安地轉來轉去。

看到亞伯的反應，山之內露出糟了個糕的表情，閉上嘴巴。

我也不發一語地拍了拍亞伯壯碩的背。

老闆噗哧一笑。

「你們真像在孩子面前吵架的小夫妻啊。」

5 憐憫

山之內和真

我們才不是夫妻。我才不會跟這種人結婚。

我滿心怨忿地走在從「容身處咖啡館」回家的路上。

佐野同學憑什麼對我生那麼大的氣。我為什麼要挨她的罵。真希望她能站在我的角度替我想一下，我是受到她的威脅，迫不得已才來教亞伯功課。而且我都已經說到做到了，她還對我破口大罵，罵我不知民間疾苦、罵我是有錢人家的大少爺、罵我瞧不起人。

真是欲加之罪，何患無辭。

可是一想到亞伯轉來轉去的眼珠子、有如法國鬥牛犬的鼻息，同時又有一股暖流緩緩地湧上心頭。

亞伯的基礎差到令人難以置信，連小學的程度都沒有，也難怪他會在筆記本裡寫下

「我是笨蛋」給我看。

不過亞伯倒是非常專心地聽我講解。

我不知道初次見面時，他在我身上感受到什麼共鳴，但至少願意接受我了。

伴隨著自動鉛筆的筆芯折斷的聲音、用橡皮擦拚命擦拭的聲音、不小心撕破筆記本的聲音，亞伯苦惱地皺著眉頭。

正當我以為一切到此為止時，老闆拿熱牛奶和餅乾來給我們。

「哇！亞伯，你這不是學會了嗎！小老弟，你好會教啊！」

老闆朝我們的背一頓猛拍後，下樓去了。

我們喝過熱牛奶、吃了餅乾後，稍微恢復精神，繼續與除法過招。經過漫長的奮鬥，亞伯終於解開三位數的除法。

「太好了！亞伯，你做到了！」

我在答案旁邊畫了一朵大紅花，亞伯就像剛經歷過一場生死決鬥的拳擊手，哈哈大笑，筋疲力盡地躺在榻榻米上，呼呼大睡。

我也在他身邊躺下，全身充滿難以言喻的成就感。

仔細想想，我從蒼洋中學退學後，失去了容身之處，不情不願地流落到這個地方。

「容身處咖啡館」

我原本覺得這個店名相當諷刺，但這種舒適的感覺是怎麼來著。

老舊的時鐘發出滴答滴答的聲響。

藺草翹起的榻榻米散發出帶著塵埃的氣味也很討人喜歡。

為了消化剛才吃進去的餅乾，腸胃正在蠕動，於是我打了一個幸福的飽嗝。

不知不覺間，我和亞伯一起舒舒服服地睡著了。

直到被佐野同學叫醒。

害我又想起她那頓莫名其妙的怒罵，眉頭皺成一團。也想起老闆要我忘記的那段話。

「樹希家是接受生活保護的家庭。」

我聽過生活保護制度，但這大概是我第一次認識到實際接受生活保護的人。想也知道接受生活保護的人多半都不會主動公開「我們家接受生活保護」，所以也可能只是我不知道而已。

總而言之，她的生活中大概充滿了沒錢的煩惱，而這是我無法體會的煩惱。但是冤有頭、債有主，她不該把壓力發洩在我身上吧。

從私立中學轉學過來或許給人家境富裕的印象，但我這一生也並非過得風平浪靜，沒有任何煩惱。

關於我的過去，她又知道什麼了。

她能懂我整個玩心最盛的小學時代都用來念書，念到都流鼻血了，好不容易考上國中，成績吊車尾不說，最後還被退學的心情嗎？她能懂我爸媽都認為高中一定得考上升學名校，藉此扳回一城給我的壓力嗎？

我們之間肯定有一條既深又廣的鴻溝，或許只要在鴻溝上架設一座橋就好了，問題是，我為什麼非得去對岸讓她怒罵？我不知道自己有何必要主動過去討罵。

「咦……？你是小山嗎？」

背後傳來聲音，我猛然回頭。

「啊，真的是小山！」

看到雙眼圓睜地看著我的男生，我下意識地往後退了一步。

他是以前在蒼洋中學跟我同班的櫻田。我這才後知後覺地想起，他學鋼琴的老師家就在這附近。

「好久不見！你好嗎？」

櫻田踩著大步走了過來，不假思索地抓住我的手一陣搖晃。這個出生在布魯塞爾，在波士頓的小學長大的歸國子女還是老樣子，動作就跟外國人一樣誇張。

「這還是我第一次看到你穿制服的樣子，很適合你。」

我心想完蛋了。今天還沒回家，所以還穿著制服。明明我超不想讓人看見我穿上另一所學校的制服。

他以天真無邪的雙眸注視低下頭一言不發的我。

「好羨慕你這身立領制服啊，這是日本獨有的制服。」

他自己一個人「嗯！嗯！」地點頭如搗蒜。

「如何？換了環境會不會很不適應？」

「啊，嗯，還好……」

我不置可否地含糊帶過，不禁覺得櫻田的天真無邪很可恨。

櫻田總是這樣直盯著別人的眼睛看。

因為是歸國子女，不僅英語流利，看起來也沒怎麼用功讀書，但所有的科目都能不費吹灰之力地考到平均分數以上。

鋼琴也彈得很好，在校慶的時候還露了一手，原本是來看自家小孩的母親們和其他學校的女生都為他瘋狂。而且就連對我這種金字塔底層的學生也很親切，不擺架子。

「補習班剛下課嗎？」

「……嗯。」

我並沒有說謊。差只差在我不是學生，而是老師。

而且這是班上的女同學為了幫我保守被蒼洋中學退貨的祕密，強迫我接受的交換條件……要是老實說了，櫻田沒有一絲陰霾的眼眸想必也會蒙上陰影吧。

「這樣啊……。小山，你要加油喔。」

櫻田用右手握著我的手，另一隻手輕輕地拍打我的肩膀。

「沒問題的，小山，你很努力，只是我們的學校不適合你，但你一定沒問題！」

什麼東西沒問題？

我想問他到底是什麼東西沒問題，還有，他那種異常溫柔的態度與眼神又是怎麼回事？

我反射動作地甩開他的手。手被甩開，他頓時露出有些困惑的表情，但隨即又以充滿溫情的眼神看著我。

不要同情我

我想大聲呼喊。你沒發現嗎？你那天真無邪又坦誠無畏的目光只會傷害我。我知道是我不好。是我內心太扭曲，無法接受你的關懷，所以才更痛苦。比我優秀的人、比我受上天眷顧的人、比我幸福的人。明明只要直率地尊敬對方、崇拜對方就好了，卻又難掩羨慕與嫉妒的心情。我真是個小肚雞腸的人。我覺得自己好丟臉，所以才更痛苦。

「……抱歉，我趕時間。」

「這樣啊，我才抱歉，耽誤你的時間了。校慶的時候再來玩喔！再見。」

櫻田向我揮手道別，眼神始終澄淨無瑕。他真的以為被退學的人會恬不知恥地跑去參加將自己退學的學校校慶嗎？我逃也似地轉身離開，回想佐野同學剛才的怒吼。

「別用那種高人一等的態度表示同情，瞧不起誰呀你！」

哦，原來如此。

我之於妳，或許就像櫻田之於我。

擁有一切自己沒有的東西，天真無邪地微笑著。自己也沒注意到，自己正無意識地同情別人。

同情別人的人，意識不到自己散發出來的氣味。

只有被別人同情的人，才會察覺到那股氣味。

我很怕在學校遇到佐野同學，她一定會用凌厲的目光瞪著我。

雖然不是故意的，但我仍對窮人表現出優越感。不只同情，佐野同學肯定也從我身上聞到了厭惡的氣味。

我想向她道歉。

可是一想到她手中有我的把柄，就很怕惹她生氣。無論如何，還是得先保護好自己。

「那個……」

我向今天也一臉睏倦來上學的佐野同學打招呼，她以疲憊的眼神看著我。

「這個……」

她不感興趣地從欲言又止的我臉上移開視線。

「下禮拜也要來喔。」

小聲地撂下一句，就趴在桌上。看樣子，她對我的惡意並沒有我想像的那麼大，我鬆了一口氣。

「……樹希，妳又累壞啦？」

城田艾瑪靠近佐野同學的座位，對她說。

城田同學今天的嘴唇也塗成飽滿的粉紅色，頭髮充滿光澤，柔柔亮亮。

「有準時把妹妹送到托兒所嗎？」

「要妳管。」

佐野同學揮揮手，動作像是在趕蒼蠅。

「妳那是什麼態度？樹希，妳的態度太惡劣了。艾瑪是關心妳耶。」

「我不需要妳的關心。還有，別再叫自己艾瑪了。」

「這是人家的自由！」

兩人之間又開始瀰漫劍拔弩張的氣氛。不過，我發現城田同學都直接喊佐野同學「樹希」。班上其他女生不知怎地都很怕佐野同學的樣子，對她避之唯恐不及，不得不跟她說話的時候，只會生疏地喊她「佐野同學」。

看起來水火不容，但或許城田同學和佐野同學的感情其實很好。

不僅如此，她還說「送妹妹去托兒所」？

「那個，城田同學。」

那天放學的時候，我鼓起勇氣向獨自打掃樓梯的城田同學攀談。

「什麼事？」

「城田同學跟佐野同學很要好嗎？」

「嗯……」

她用食指貼著臉頰，仰頭望向天花板。

「我們念同一所小學，以前關係還不錯。艾瑪現在也不討厭樹希。只不過，樹希可能很討厭艾瑪就是了。話說回來，山之內同學，你問這個做什麼？」

「沒什麼，因為妳早上提到托兒所之類的。」

「哦，樹希要替生病的母親接送妹妹上托兒所。」

「什麼，她也才國中，就要接送妹妹上托兒所……」

「這也沒辦法。她還得替母親做飯、做家事，她們家的事好像都是她在做。艾瑪也想幫忙，可是你也看到了，她只會嫌艾瑪多管閒事。」

「這樣啊，她爸爸呢？她媽媽的病很嚴重嗎？」

「樹希的爸爸在她小學五年級的時候就去世了……。呃，艾瑪雖然知道很多內幕，但是不確定可以說到什麼程度，畢竟這是別人的隱私。」

「啊，說的也是，不好意思。」

我自慚形穢，沒想到城田同學擁有如此清晰的判斷力。她說的沒錯，我不該刺探別人的隱私。她比我想像的更有常識。

「可是山之內同學，你想知道她的事……。難不成！難不成你愛上樹希了？」

「怎怎怎、怎麼可能，我只是純粹感到好奇……。沒有別的意思！」

「嗯哼，是嗎……。艾瑪從以前就覺得山之內同學身上有一股很聰明的味道。」

城田同學說道，把臉湊過來，皺著鼻子在我身上猛聞。她的頭髮散發出甜甜的香味，撩撥著我的鼻尖。

「艾瑪不能透露樹希的隱私，但是如果你願意跟艾瑪約會，告訴你也無妨喔。」

「不不不，不用了。」

我心旌蕩漾地跳開，腳踝撞上臺階，向後仰倒，一屁股跌坐在地上。

「討厭啦，你沒事吧？我只是開玩笑的，開玩笑！」

我慌不擇路地逃離現場，樂不可支的笑聲在身後迴盪。

還以為她「有常識」，顯然是我錯了。同時也很羞慚自己聽到她說是開玩笑的時候居然感到失望。

城田同學說的「難不成你愛上樹希了？」和老闆說的「你們真像在孩子面前吵架的小夫妻啊」都跟事實相差十萬八千里。

佐野同學在我眼中是「握有我的祕密」令我心生恐懼的對象，我不可能喜歡她。我對她那個「貧窮的世界」一無所知，就算知道也不能怎樣。

儘管如此，我仍忍不住在教室裡偷偷觀察佐野同學的樣子。

基本上，佐野同學在教室裡總是一臉不耐煩、一臉疲倦的模樣。課堂上幾乎都在睡覺，再不然就心不在焉地望著窗外，不像在認真聽講。明年就要考高中了，她怎能如此不當一回事。

以下是我蒐集到關於佐野同學的情報。

父親死了，母親病了，接受生活保護，每天都得做家事、照顧年幼的妹妹。

雖然她的態度很差，說話的方式也很粗魯，但是從她每天接送妹妹上托兒所這點來看，人或許也壞不到哪裡去。雖然她威脅我，要我教亞伯功課，但是仔細想想，這麼做對她有什麼好處？

亞伯可以免費學習，但是這對她一點好處也沒有。不只妹妹，她連亞伯都要照顧嗎？

「艾瑪現在也不討厭樹希。」

城田同學是這麼說的。佐野同學究竟是什麼樣的人？城田同學記憶中念小學的佐野同學是什麼樣的少女？

星期二。

我又去「容身處咖啡館」教亞伯功課。

「哦，聰明的少年，你又來啦！」

再次受到老闆熱烈的歡迎，用力拍打我的背。亞伯已經先來等著我了。我先讓他複習上次的除法，再繼續教他分數的計算。

亞伯今天也穿著不合尺寸的褪色運動服，完全聽不懂分數的計算。分母相同的還可以勉強應付，分母不同的完全應付不來。既不懂「通分」的意思，也不懂「約分」是什麼。

我只好從頭教起，當他聽懂一個部分，我就為他畫上大紅花，老闆還稱讚我：「小老弟好會教。」招待我們冰咖啡歐蕾和起司蛋糕，我們也吃完再上。

亞伯這次動不動就分心，經常握著自動鉛筆東張西望。我問他：「累了嗎？」他點點頭，在筆記本寫下歪七扭八的小字，嘆了一口氣。

一直學習好累啊

十五分鐘前不是才休息過嗎……我吞下這句話，又讓他休息。亞伯轉動肩頸，站起來，身體向後仰，伸了伸懶腰，「哼！」地呼出一口大氣，又坐回矮桌前。

「沒事吧？還可以繼續嗎？」

我再試一次

「好，加油！」

如此這般，每次他累了，我就鼓勵他，繼續分數教學。

六點過後，亞伯已經累得不成人形，跟上次一樣睡著了。所幸分母不同的分數加法也愈來愈正確了。

看到呼呼大睡的亞伯，內心又湧起一股暖流。

老舊時鐘的聲響、老舊榻榻米的味道、樓下的咖啡館每次有客人進出時就會傳來叮鈴匡啷的鈴聲——好像叫牛鈴來著——也跟上次一樣令人心平氣和。

我覺得這個地方和亞伯撫慰了我的心靈。

這真是太神奇了，但我真心這麼想。

亞伯咖啡色的臉和塌扁的鼻子。

有如法國鬥牛犬呼呼作響的鼾聲。

這種受到撫慰的感覺究竟從何而來，我總覺得有點擔心。是用上次激怒佐野同學，連我自己也沒意識到的「高人一等的態度」在同情亞伯，藉此安慰自己嗎？

我戒慎恐懼地分析自己的內心世界。

不……不是這樣的，真的不是。

我是真的覺得好開心。

有願意接納自己的地方，在那裡，有我該做的事。

這點真的讓我好開心。

上禮拜，我不小心喝到梅酒，不小心喝醉，從天橋上探出身體。我記的不是很清楚了，當時緊緊附在我背上的，確實是一種絕望。

然而，唯有待在這裡的時候，我可以暫時忘記那種絕望。這完全是意想不到，出乎我預料之外的發展。沒想到這個轉機居然是由我討厭的「生活貧窮的人」帶給我的機會，真的很意外。

當我躺在亞伯旁邊，盯著天花板，思考這件事時，店門口的牛鈴又發出叮鈴匡啷的聲響，伴隨著上樓的腳步聲。

紙門唰地一聲打開，佐野同學走了進來。

6 羨慕

佐野樹希

拉開紙門，呼呼大睡的亞伯與急忙從他旁邊坐起來的山之內映入眼簾。

他今天也來啦。上次他說「我很同情妳」的時候，被我不分青紅皂白地痛罵一頓，我還以為他再也不來了。

「你來啦。」

聽到我這麼說，山之內露出有些困惑的表情。

「是妳叫我下禮拜也要來吧。」

這麼說來，我確實在學校說過這句話。

這陣子實在太累了，腦筋變成一坨漿糊，記不清楚了。

討厭啦，萬一被媽媽的憂鬱症傳染怎麼辦。

「請問……我可以不用來了嗎？」

山之內問我，感覺小心翼翼。

「原本就是佐野同學威脅我：『你要是敢不來，我就把你的祕密說出去。』我才來的。」

是有這回事，是我強迫他來的。

我拿起亞伯放在矮桌上的筆記本，逕自翻閱起來。

「今天教分數啊。」

「對。亞伯連通分和約分都不會。」

「真糟糕，亞伯行不行啊。」

「當然不行啊……。幸好他現在還有心學習。」

「有心學習？亞伯嗎？」

「沒有毅力，但是有幹勁。他很努力地想要跟上我的教學，今天也練習做了很多分母不同的分數加法。」

我悶聲不響地翻閱筆記本，這次也開了很多大紅花。

亞伯有如螞蟻排隊的字接連寫了好幾頁，令我大吃一驚。上次也嚇了一跳，沒想到能堅持到今天，我從驚訝轉為敬佩。

我印象中的亞伯既無法專心，也沒有毅力。山之內竟然能讓亞伯用功到這個地步，令我刮目相看。

「亞伯很努力。」

山之內說得十分得意，儼然自己才是受到稱讚的人，無限愛憐地看著睡著的亞伯。

「我自己也很意外……，但我真的好高興。」

「什麼？」

「我很高興。這裡真的是……」

山之內唯唯諾諾地在充滿昭和風味的四坪大和室裡看了一圈，微微一笑說。

「真的是容身處呢。」

「那當然，這裡就叫作『容身處咖啡館』啊。」

「不是，我不是這個意思，我是指這裡是能讓人安心的地方。我從未擁有過這樣的地方……」

「你的意思是說，你在以前的學校待不下去嗎？」

「這也是……。但不僅如此。」

「是嘛。可是你家裡有一對正常的父母，他們都很珍惜你吧？不用待在這種破破爛爛的地方，你也有很多容身之處不是嗎？這裡是我和亞伯的容身處。」

山之內閉上嘴巴，眨了眨眼鏡後面的眼睛，嘴巴抿成一條線，從我身上移開目光。

「……很難向妳說明。我家確實算是小康家庭，至少沒有為錢操心過。家人都很健康，可是……如果說我家一點問題也沒有，倒也不盡然。只不過，說給妳聽的話，妳只會覺得我是在無病呻吟。」

一把火又冒上來。他是想說他也有我無法理解的煩惱嗎？

平常被我封印起來的煩躁，我自以為藏得很好的煩躁，唯獨在這傢伙面前，總是有如洪水潰堤般，一發不可收拾。

你那種不慍不火的煩惱根本算不上什麼。哪像我、哪像我……。

「如果你小學五年級的時候，你爸就丟下債務和你媽肚子裡的寶寶死了，你有什麼感受？」

山之內抬起頭來看著我。

「如果你接受生活保護，好不容易活下來，卻被班上同學發現，要你『接受生活保護已經得到那麼多好處，還試圖隱瞞，真是太狡猾了。所有接受生活保護的人都應該穿上寫著生活保護的T恤』，你有什麼感想？」

山之內睜大了雙眼。

「媽媽心裡有病，什麼事也做不了，只能躺在床上，所有的家事和照顧妹妹的重擔都落在我頭上。不僅如此，媽媽還說：『我忍住想死的心情，所以妳應該要稱讚我。』你能理解我聽到這句話的心情嗎？」

山之內臉色凝重地垂下視線。

「我也有夢想，可是接受生活保護的小孩連大學都上不了。高中畢業就因為『具備工作能力』必須出社會工作。像我這種窮人，就連選擇前途的自由、規畫未來的權利都沒有。如果你是我，你做何感想？」

山之內倒抽了一口氣，瞠目結舌地噤口不言。

看吧。這個世界上，還是有人過著你這種大少爺做夢也無法想像的生活喔！

與此同時，內心也湧起酸澀的感覺。我居然把家醜告訴這種陌生人，為什麼要說？明明淨是些說了也改變不了什麼的事……。只會再度引來這傢伙的同情。

「……真的嗎？」

「什麼？你以為我編故事騙你嗎？」

「不是，我是問接受生活保護的小孩真的不能上大學嗎？真的有這種不在乎當事人感受的規定嗎？」

「負責我們家的社工是這麼說的，所以當然是真的！他的言下之意無非是指以前國中畢業就得出社會工作，光是能免費讀完高中就該謝天謝地了。總之國家不會再出錢，你一點辦法也沒有。」

「錢啊……如果妳上高中開始打工存錢呢？」

「請領救濟金的小孩一旦開始打工賺錢，政府就會從救濟金裡扣掉打工賺來的錢，所以打工賺的錢還是得拿去貼補家用，一毛錢也存不下來。再說了，接受生活保護的家庭本來就不允許存錢。理由是既然能存很多錢，原本就不需要生活保護。」

「怎麼這樣……」

山之內聽得啞口無言。

「這太奇怪了，根本不合理。」

「你問我，我問誰。規定就是這樣。」

「真的嗎？真的不能存錢也不能升學嗎？這麼一來誰還想用功讀書啊。這種規定是錯的。」

「如果這是你的真心話，就給我想辦法改變啊。」

「可是……我才只是個國中生，根本無能為力。」

「是不是？既然無力改變，就給我閉嘴。」

氣氛又要變差的時候，亞伯醒了，揉揉浮腫的眼皮，發現我來了，露出喜悅的表情。

拿起放在矮桌上的筆記本，得意洋洋地翻開給我看。

雖然是一如既往的悶聲葫蘆，但眼裡確實有笑意。

「我看過了。亞伯，你好認真。」

亞伯用咖啡色大手的潔白指尖指著山之內。

「什麼？」

亞伯急切得嘴巴一張一合，握住矮桌上的自動鉛筆，在筆記本的空白處寫下一行字。

這位老師的教法好厲害

「是嗎。」

不像樹希動不動就生氣

「你這傢伙！」

我拍了亞伯的頭一下，但他還是笑嘻嘻的。

山之內接過筆記本，凝視亞伯剛剛寫下的字，嘟起嘴來。我還以為他有什麼不滿，但是定睛一看，山之內似乎很感動。

亞伯站起來，拉開紙門，下樓去了。貌似去上廁所。二樓只剩我和山之內。

「亞伯他……」

山之內小聲地說。

「為什麼都不說話？為什麼要用筆談？」

「我怎麼知道。」

「是什麼原因讓他變成這樣？」

「細節我不清楚，不過……」

「不過什麼？」

「根據和那傢伙念同一所國中的人透露，他是從小學四年級開始突然不說話。你也看到了，那傢伙頭腦不好，外表又過於引人注目，所以在學校引起很多流言蜚語……」

「是那方面的流言嗎？包括膚色不同在內的閒言閒語？」

「不然還能有什麼？再加上那傢伙家裡也很窮，母親好像從早到晚都要工作，所以那傢伙總是穿著不合身的衣服。塊頭雖然很大，但性格老實，既不會回嘴，也不敢反擊。說穿了，這世界就喜歡欺負弱小。」

山之內默不作聲地翻開手裡的筆記本。

「我想……聽聽亞伯的聲音。」

又盯著亞伯剛才寫下的字不放。

這位老師的教法好厲害

「第一次有人叫我老師。這陣子我總覺得自己一無是處，他卻叫我老師……。不是文字，要是能聽他親口說，我肯定會更高興吧……」

嚇我一大跳，山之內竟然在哭。

我想起他不小心喝醉那次，從天橋探出身子的模樣。

我從背後把他拽下來的時候，這傢伙也倒在天橋上啜泣。

這傢伙明明有錢又聰明，卻軟弱又愛哭——是我對他唯一的印象，可是仔細想想，我對這傢伙的世界一無所知。他的成長過程經歷了什麼，平常過著什麼樣的日子？我無法想像有錢人的生活。

只是一股腦兒地對他產生反感及欣羨的情緒。

「喂，你們兩個！」

老闆的聲音從樓下傳來。

「現在沒有客人，我烤了比薩吐司。亞伯好像也餓了，你們呢？要不要吃？」

「我不用了！」

山之內朝樓下大喊，開始將自己的文具收進書包裡。

「老闆都那麼說了，你就吃完再走嘛。你肚子不餓嗎？」

「不，我餓死了……。可是我騙家人去圖書館溫書，要是在這裡吃了東西，回家會吃不下飯。這麼一來，家人可能會起疑。更何況，我接下來還有補習班的功課要做。」

「你這麼聰明，即使不去補習班，應該也能輕鬆地考上高中吧。」

「不能只是考上普通的高中。」

山之內愁眉苦臉地吐出一口大氣。

「啊，對不起。妳大概又要覺得我很自以為是了。因為我爸媽眼中只有頂尖的學校……。所以我從小就習慣這種思考模式……。眼界很小吧。那我先走了……」

山之內斜背起書包，站起來，頭也不回地下樓。

我目送他穿制服的背影離去。想起是我威脅這傢伙，害他不得不向家人撒謊，來這裡教亞伯讀書。

內心居然湧起一股自責的情緒。

「怎麼了，小老弟，你不吃嗎？」

老闆掃興的咕噥與牛鈴的撞擊聲一同響起，山之內回去了。

「枉費人家還做了他的份……。喂，樹希，妳要吃吧？」

「我要吃。」

我剛剛才用賣不出去的豬排做了豬排飯給奈津希吃，自己也吃了一點，所以還不餓。

可是我的心告訴我，我必須替山之內吃掉他明明很餓，卻不能吃就得回家的比薩吐司才行。

才剛走到樓下，起司與咖啡的香味便氤氳撲鼻而來。

亞伯盯著小烤箱，專心地監視烘烤的火候。

老闆則在吧臺內泡咖啡，從銀色鐵壺有如鶴頸般細緻的壺嘴倒出熱水，注入布製的咖啡濾網裡，室內瀰漫著咖啡的香氣。

「妳要多加一點牛奶的咖啡歐蕾對吧。」老闆看著我說。

「普通的咖啡就行了，牛奶只要一點點。」

「不行，小朋友這種時間喝普通的咖啡會睡不著。」

「我又不是小朋友。」

「妳就是小、朋、友。」

我閉上嘴。

固然很氣他這麼斬釘截鐵地說我是小朋友，但又覺得如釋重負。覺得可以向他撒嬌。

「妳媽還好嗎？」

老闆邊泡咖啡，單刀直入地問我。

「不好，一點也不好。」

「這樣啊。」

小烤箱發出「叮！」的一聲，亞伯興高采烈地拿出比薩吐司，移到盤子裡。

「小心別燙傷了。」

亞伯猛點頭，把三人份的比薩吐司放在盤子上，小心翼翼地端到吧臺。加了大量牛奶的咖啡歐蕾也泡好了，三人開始享用。

「亞伯，你今天也努力學習了嗎？」

老闆問正與長長的起司絲鬥智鬥勇的亞伯。

「不過樹希，妳還真是找到了完美的家庭老師呢。不愧是來自一流中學的人，真有本事，居然能喚起亞伯的學習欲望，不付錢真過意不去。」

「……這不是很好嗎？」

「是沒錯，可是那傢伙接下來應該也要忙著準備高中入學考試，居然還願意來，妳是怎麼說動他的？」

我默默地咬下比薩吐司。

如果說是我威脅那傢伙來，老闆大概會生氣吧。

「……山之內也樂在其中喔。他很喜歡亞伯。」

「真的假的？」

「真的。剛才他也很高興。」

「這樣啊，那就好。亞伯，太好了，有人免費教你功課。」

亞伯心無旁騖地吃著比薩吐司，一面點頭如搗蒜。

我看著亞伯的臉，陷入自己也無法完全理解的心情。我沒想到山之內會樂於來這裡——在這裡教亞伯功課。

雖然也是因為擔心亞伯的學業才請他來，但我原本只是看那養尊處優的傢伙不順眼，想找他麻煩。

可是，剛才山之內哭了。

第一次有人叫我老師。這陣子我總覺得自己一無是處，他卻叫我老師

那傢伙，覺得自己一無是處啊。

明明什麼都有了，怎麼還會覺得自己一無是處。

那傢伙也有我無法理解的煩惱嗎？

我一直以為不過是被很厲害的中學退貨，有什麼了不起的。可是仔細想想，每個人的不幸指數要如何衡量？就算有標準衡量，在有錢人的世界與窮人的世界裡，標準是一樣的嗎？

「樹希，」

老闆的聲音令我回過神來。

「妳對高中的入學考有什麼打算？」

「那個啊……」

我把吃到一半的比薩吐司放回盤子裡。果然吃不下了。

「我打算隨便考上哪裡就念哪裡。」

「也太隨便了。」

老闆撇下眉毛，不贊同地說。

「我明白妳的難處。就連沒什麼學問的我，也知道妳的生活想必很不容易。我能幫的忙也很有限。但我知道妳不笨，也很有毅力，所以總覺得好不甘心啊！」

「我懂。」

我用很微小的音量說道，喝下一口咖啡歐蕾，好甜。

「可是啊，很多事情早在出生於什麼樣的家庭就注定好了。我不是在抱怨喔，因為這就是事實。」

「……妳一個小孩，別說得這麼惆悵好嗎。」

「話說回來，接受生活保護的小孩還能上高中，光是這點就應該心存感激了。不過，即使是離我家最近的高中也比現在還要遠，照顧、接送奈津希的工作可能會比以前更辛苦。畢竟我媽一直是那個德性。」

「情況或許會有轉機。妳媽或許哪天又願意開始工作了。」

「別安慰我了，也別再拚命想要給我希望。而且也不是每個家裡有錢、頭腦又好的人就一定能得到幸福。」

腦海中浮現出山之內剛才走出房間的佝僂背影。

「可是啊……妳沒有夢想嗎。現在正是追逐夢想的年紀，再拖下去就長大了。」

老闆邊說邊舉起立在吧臺後面櫃子裡的相框。

「不過，我也沒資格說別人。雖然我也有過活在當下，眼前只有此時此刻的時光。」

那張照片是老闆的心肝寶貝。

一個年輕的男人跨坐在機車上。是年輕時的老闆。

頂著莫名其妙的髮型，剃光額頭兩邊的頭髮，瀏海像朵香菇似地高高推起，然而髮量至少是現在的好幾十倍。穿著上下成套的騎士皮衣，戴著太陽眼鏡。

身旁還有幾個打扮得大同小異的男人，蹲在地上，瞪著鏡頭。

「我至少聽過五百遍老闆年輕時呼風喚雨的英雄事蹟了。」

「五百遍也太誇張，別說的我好像是快失智的老糊塗……。總之，雖然是個不折不扣的笨蛋，但我當時真的每天都是『看我取得天下！』的心情喔。」

「這句話我也聽過無數次了。」

「我們家也很窮，不過當時的社會瀰漫著有朝一日必定能時來運轉，一口氣翻身的風氣。」

「可是老闆，你不是說你的人生一敗塗地，換過好幾份工作，最後連老婆都跑了。」

「呃……是那樣沒錯啦。但至少年輕的時候應該要有取得天下的野心、覺得有志者事竟成的氣魄。我只是希望你們也能有這樣的野心與氣魄。」

「太老土了！」

為了表現出這件事到此為止！我用力地把咖啡杯放回盤中，發出清脆的聲響。我不清楚以前的情況，或許老闆年輕時是個相信明天，認為窮人也能變成有錢人的時代。但事實是老闆現在也沒變成有錢人，我則害怕明天的到來。因為就算想破頭，也不知該如何逃離目前的泥沼。

「別再提當年勇了。不用你說教也船到橋頭自然直。」

我故意發出許多噪音，回答到這裡，門口的牛鈴叮鈴匡啷地響起，一對年輕情侶卿卿我我地走進來。

「歡迎光臨。」

老闆站了起來。

我迅速地將沒吃完的比薩吐司和剩下的咖啡歐蕾放在托盤上，催亞伯上樓。

雖然只會說教，但他是真的關心我。

我明白。也明白不能再依賴老闆的溫柔。

可是現在多虧有這段時間，我才能稍微輕鬆地呼吸。

真的是容身處呢

我淡淡地想起山之內說這句話的語氣。

7 逃避

山之內和真

離開「容身處咖啡館」，走向車站。

回想佐野同學剛才說的話，胸口彷彿壓著大石頭。

這是什麼樣亂七八糟的人生。

要一個人照顧生病的母親與年幼的妹妹，負擔也太大了，而且她才國中三年級……。未來還受到限制，連存錢都不行，世上有比這個更悲慘的人生嗎。

唯一的救命稻草是名為「生活保護」的制度，可是仔細聽下來，這個制度有太多不合理的地方了，令我陷入沮喪的深淵。

想起考上蒼洋中學後，媽媽抱怨過班上同學的父母包下知名的餐廳聚餐時，「只是吃頓午飯，居然要繳五千五百圓的報名費，未免也太貴了，而且飲料還要另外收錢喔。再加上續攤的費用，總共花了八千多塊。」

媽媽雖然絮絮叨叨地抱怨，但仍付得起這筆錢。

那次參加聚餐的父母都付了那個金額。

想必不是所有人都能眉頭不皺一下地拿出那筆錢，但是另一方面，這也表示還是有很多人繳完昂貴的註冊費與學費後，仍能輕易拿出這麼多錢吃一頓午餐。

以及同學們聊天時不經意透露的家世。

小學就有很多同學的父母在當醫生，當時醫生之子還會被大家另眼相看。

前幾天在路上不期而遇的櫻田，他父親在足以代表日本的貿易公司當主管。

聽說隔壁班今井同學的祖父是參議院大老，梅原雖然說他們家是單親家庭，但他母親是連鎖美容中心的老闆，事業大到可以在電視上打廣告。

當然也有很多來自普通人家的孩子，但是幾個性格扭曲地表現出「有錢人也太多」態度的同學，縱使批評別人不遺餘力，依舊能享受與家人一起去溫泉旅行的小確幸。

人類並不生而平等嗎

我坐在搖晃的電車上，內心閃過這樣的想法。

至少學校是這麼教育我們的。每個人都有相同的機會，努力一定會有回報，加油就能實現夢想。

如果覺得現在很不幸，是因為那個人還不夠努力。

沒錯，我爸肯定會這麼說。

全力以赴去努力的人才能成為贏家，輸家只是因為不夠努力。真的是這樣嗎？我沉痛地想起佐野同學聽到的那句話：「只要讓接受生活保護的人全部穿上寫著生活保護的T恤不就好了？」

總覺得唯一站在她那邊的制度也沒有保護好她。

「我也有夢想。」

印象中，佐野同學好像說過這句話。

但如果就連升學也受到限制，她大概得放棄夢想吧。

無法自由選擇自己的未來，就連存錢也不被允許。

都已經這麼慘了，還要被罵「得了好處還隱瞞，真是太狡猾了」。佐野同學究竟得到什麼好處了。

回到家，媽媽和穗波正坐在餐桌前吃飯。

「你回來啦。讀書辛苦了，累了吧？」

媽媽重新穿上圍裙，她自己的臉色看起來也有些疲憊。

「我現在就幫你把飯菜弄熱。」

媽媽面向瓦斯爐，一隻手拿起木杓，另一隻手開火。空氣中瀰漫著薑蒜混合而成的香味，甜甜鹹鹹的滷雞翅膀是我最愛吃的菜。除此之外，還有芝麻風味的蓮藕炒紅蘿蔔、中式番茄蛋花湯。

媽媽不用微波爐加熱飯菜，而是每個家人回來的時候都不厭其煩地穿上圍裙，重新開火熱過，再裝進各自的碗盤裡。

從冰箱裡拿出醋溜小黃瓜和涼拌豆腐，打開電鍋，為我裝飯。

媽媽每天都得做好幾道菜。

「微波爐只要按一下，不是很方便嗎。」

我坐在椅子上說道。

「不行啦，你爸不喜歡用微波爐加熱的飯菜。」

媽媽解下圍裙，回到自己的座位上說道。

爸爸很討厭用微波爐加熱食物。

理由是「罩上保鮮膜，整盤放進去加熱，感覺好像在吃什麼偷工減料的飼料」。

基於「醫生自己生病成何體統」的理由，每天都要吃到三十種不同的食物。問題是，準備這三十種食物的人可是媽媽。

媽媽自己的湯在幫我加熱飯菜的時候早就冷掉了。媽媽喝下一口湯，對穗波說。

「穗波，番茄不可以剩下。」

「不要，番茄軟軟爛爛的好噁心。」

「妳再繼續挑食，又要挨奶奶的罵了。」

「沒關係，就讓她罵。」

「問題是妳奶奶罵完妳，也不會給媽媽好臉色看。」

媽媽的聲音稍微大了起來。穗波嘟嘴，用湯匙戳著番茄，不情不願地舀起來放進嘴巴裡，配著水吞下去。

「啊，好難吃！我吃飽了。」

穗波站起來，走向客廳，打開電視看綜藝節目。媽媽嘆了一口氣，夾起自己的小黃瓜。

餐桌的角落擺了一盆花，還有滿桌子的飯菜，但我們家總是瀰漫著劍拔弩張的氣氛。一臉疲憊的母親、總是氣鼓鼓的妹妹、唯我獨尊的父親，和被蒼洋中學退貨的我。

儘管如此，我應該還是擁有非常多東西吧。

只是半路摔了一跤，鞋子掉了，膝蓋也磨破了。

「和真，在圖書館讀書還順利嗎？」

媽媽見我食欲還不錯，忍不住問我。

「嗯。」

我簡潔地回答，嘴裡還咬著雞肉。

「已經適應新學校了嗎？有沒有什麼不開心的事？」

「嗯。」

「真是的，你只會這樣愛理不理地回答。」

我在媽媽面前基本上都是這個態度。因為我其實不知道該怎麼跟媽媽聊天。尤其現在還隱瞞我去「容身處」的事，更令我良心不安。

但我並不討厭媽媽，不僅不討厭，我甚至想保護媽媽。

考上蒼洋中學那天，媽媽喜極而泣。可是當我被退學時，媽媽非但沒有怪我，還拚命為我說話。

要是沒有媽媽，我現在大概已經被逼著去念附近的國中，曝露在好奇的視線下。或許在這個動輒得咎的家裡，只有媽媽是我的靠山。

然而，要把這種心情說出來讓媽媽知道，太難也太丟臉了。只好相信就算不說出口，媽媽應該也能明白我的心情。

「我吃飽了。」

我放下筷子，迅速地躲回自己的房間。突然想起一件事，打開自己的筆記型電腦。我接收了爸爸淘汰的電腦。

在搜尋欄位裡打上「生活保護」，按下輸入鍵。

畫面中顯示出比對到的網站及報導，厚生勞動省的官網出現在最上面一條。我點進去，映入眼簾的是以下的文章。

「針對將資產及能力進行最大化的運用後仍生活貧困的人，依照貧困的程度給予必要的保護，保障其得以過上健康而有文化的最低限度生活，協助其自立的制度。」

艱澀又死板的文章。最基本生活指的是何種程度的生活？

下面是落落長的說明文字，都不是猛一看就能看懂的內容，逼得我將視線從螢幕上移開。

老實說，學校教的都是一些我已經學過的部分，可是當亞伯的家教還是讓我落下了補習班的作業，得快點追回進度才行。

在那之後又過了兩個月。

到了六月中旬，開始進入濕濕黏黏的雨季。

我還是老樣子，每週三天去補習班、兩天去「容身處咖啡館」。

學校的成績除了體育以外都沒有問題，但爸爸和奶奶似乎都對我「不是斷層第一」不太滿意。蒼洋中學上的課已經是高中程度，所以我連基礎都沒有打好。

再加上我在補習班的成績遠遠搆不上頂尖高中的偏差值，爸爸乾脆把不高興直接寫在臉上。

「你是不是還不夠努力？給我更努力一點。一分耕耘才會有一分收穫。」

考國中時也聽過的臺詞又被爸爸拿來老調重彈。

小學的時候，這句話令我奮發圖強，用功到流鼻血也沒放下書本。可是當我升上國中三年級，已經無法乖乖地照單全收這句話了。

無論是個人的才華，還是這個世界的階級結構，正因為努力與結果不一定成正比，才讓人這麼痛苦不是嗎？

小時候，我對爸爸畏懼中帶著一絲尊敬，認為有一份正經的工作，上知天文、下知地理的爸爸很有智慧。問題是，真的是這樣嗎？如果爸爸真的有智慧，不是應該更有想像力，更能體諒別人的心情嗎？

相較於我對爸爸的心情很矛盾，「容身處咖啡館」還是一如既往地舒適。我都快把那裡當成自己的家了，幾乎忘了起初是屈於佐野同學的「淫威」才去的。

教亞伯功課、吃老闆送給我們的點心、躺在榻榻米上望著天花板發呆，每次都能讓心情輕飄飄得有如雲朵般柔軟。

被蒼洋中學退貨，至今仍達不到父親要求的偏差值。

在學校裡，沒有人知道我的過去，但我也尚未交到半個朋友。一方面是因為我打死不想讓別人知道我的過去，另一方面也是因為我始終不擅長心無城府地與別人交往。

只有城田艾瑪同學說我：「山之內同學的說話方式好像老頭子，好好笑！」但是再也沒有提過要跟我「約會」之類的話。

無論待在哪裡，都令我侷促不安，唯有這裡不一樣。

「哦，老師來了。」

老闆也開始這樣叫我。當他喊年紀明顯比他小很多的我「老師」時，表情和聲音都帶著嘲諷的調侃意味。我也曾經為此動氣，但最近我想通了一件事。

這個人有時候其實很害羞。雖然覺得不勝其擾，仍忍不住照顧「不請自來的小鬼」有時候會讓他覺得很不好意思。即便如此，卻又像隻工蟻似地，勤勤懇懇地拿點心來二樓給我們吃，這不是自相矛盾嗎，但就是這點可愛。

從小到大，我身邊不曾有這樣的大人。

佐野同學還是老樣子，嘴巴很毒，但不再喊我「大少爺」了。每次都是入夜以後才出現，不是在一樓幫老闆的忙，就是把老闆準備給我喝的飲料端上二樓。

「如果不吃東西，至少喝點飲料吧！」

亞伯也風雨無阻地每週二四都來，看到我就眉開眼笑地露出潔白的牙齒。

只可惜學習的腳步稱不上一帆風順。

在他身上已不復見起初拚命三郎的模樣，隨著上課的次數愈來愈多，注意力也愈來愈渙散。

即使已經理解除法，學會分數的算法，該學的東西仍堆積如山。

面積的計算、比例及比率、立體的體積……。

應該在小學打好的基礎，亞伯完全沒有概念。如果不先幫他打好基礎，貿然翻開國中的數學課本，他大概也一個字都看不懂吧。光是算數就夠他一個頭兩個大了，還有別的科目呢，不知他的英文程度如何。

我連問都不敢問。

這條路實在太漫長了，令我心急如焚，再想到自己的基礎也同樣沒有打好，就覺得好灰心，忍不住展開斯巴達式的教學。

「亞伯，你有在聽我說話嗎？」

亞伯今天也握著自動鉛筆，茫然地看著空氣發呆。我扯著嗓門大喊：

「來，看這裡，這個扇形的中心角為九十度，圓的直徑為六公分，所以要先算出這個圓形的面積。來，你算給我看。」

亞伯從座墊上起身，按著短褲的褲襠。

「……又要去上廁所？」

亞伯不住點頭，拉開紙門，下樓去了。

我心浮氣躁地等他回來。今天從我來這裡已經過了一個小時以上，連簡單的扇形面積都搞不定，因為他忘了圓形的面積要怎麼計算。

所以我必須從圓形的面積開始教，先讓他做幾道練習題，還得畫紅花鼓勵他，時間都花在這上頭了。過程中他還去過兩次廁所。

隨著上課次數增加，我感覺亞伯開始會對我「耍賴」。起初充滿激勵作用的大紅花似乎也逐漸失去效果，怎麼會這樣……。

亞伯回來了，一臉不情不願地坐在矮桌前。

「試著用公式算出這個圓形的面積吧。」

他一坐下，我馬上做出指示，於是亞伯用螞蟻般的小字慢吞吞地在筆記本上寫下——

6×6×3.14＝

「不對！」

我終於忍不住氣急敗壞地破口大罵。

「圓形的面積是半徑乘以半徑再乘以3.14。6是直徑，所以半徑應該是6的一半，也就是3。你從剛才就一直錯，我也解釋過好幾次了，你到底有沒有在聽。」

亞伯倏地站起來，一臉不服氣地瞪著我，突然拉開紙門，聲響大作地衝下樓。

該不會又要去上廁所吧？

可是隨即傳來門口的牛鈴介於叮叮噹噹與匡啷匡啷之間的聲音。

「喂，亞伯，你要去哪裡？」

接著是老闆的喊叫聲。

我慌忙衝向一樓。

「哦，怎麼啦。下課了嗎？」

「才沒有。」

我從樓梯下面的鞋櫃拿出鞋子，手忙腳亂地套上。

「他逃走了。」

「逃走？」

我一面聽著老闆丈二金剛摸不著頭腦的反問，開門衝出去。

搞砸了。

我衝到店外，尋找亞伯的身影，心中充滿想痛毆自己一百拳的心情。

都怪我操之過急。

都怪我在亞伯不懂的時候凶他。

我從巷子裡衝到大馬路上，上氣不接下氣地尋找他高大的背影，然而到處都找不到他。

他到底上哪去了，難道回家了？

可是我根本不知道亞伯住在哪裡，我在他的口袋裡看到過舊型的手機，問題是我連他的電話號碼或郵件地址都不知道。

萬一他就這麼走丟了……。

「請問……你有看到一個身材高大、膚色黝黑的少年嗎？」

我一向不敢主動跟陌生人說話，如今我就連這件事也忘了，一一詢問在路邊賣首飾的大叔和發面紙的大姊。

當我問到第五個人，賣香菸的老婆婆一臉「我知道」地點點頭。

「我有看到。那孩子走進那家超市了。走得很快，一臉快哭了的表情，所以我還在想出了什麼事。」

「謝謝妳！」

我朝那棟建築物拔足狂奔。整棟樓是間大型的超級市場，一樓是生鮮食品、二樓是衣服及日常用品、三樓則是家電及百圓商店的賣場。亞伯在哪裡？

總之先去一樓的食品賣場看看，亞伯比較可能會去哪裡？

我避開正推著推車選購的大媽們，四處搜尋。

「啊。」

找到了。找到亞伯了。他正站在鮮魚賣場。

這家超市以前好像是賣魚的，除了切片裝在盒子裡的魚以外，也會把一整條魚放在臺面上賣。

亞伯就站在賣場前，雙眼發直地盯著形狀還保持在剛從海裡打撈上來的魚。

我想出聲叫他，卻又猶豫不決。我該對他說什麼才好？

亞伯無精打采的側臉令人好生心疼。

他的視線前方是大大小小已經不會動的魚，再也無法游泳的魚。

冷不防，我突然想起掛在蒼洋中學穿堂的書法。

魚躍海闊

鳥行天空

自由地悠游於大海的魚，自在地翺翔於空中的鳥。

前陣子見到櫻田時，他那澄澈的雙眸浮現眼前。

他是能悠游於波光粼粼的海中，同時自體就會發光的魚；也是能乘著吹拂過藍天的風，飛得又高又遠的鳥。

然後我繼續想像現在正垂頭喪氣地與躺在鮮魚賣場的魚大眼瞪小眼的亞伯心裡在想什麼。

亞伯是游不動的魚、飛不起來的鳥嗎？

我不清楚亞伯至今過著什麼樣的生活，可是他的學習會這麼遲緩，除了腦筋不好以外，是不是還有什麼其他的問題。會不會是因為在荒涼人世裡，一直躲在陰暗的角落，躲得太久了，久到遺忘了游泳或飛翔的方法呢？

而我卻粗聲粗氣地質問他為什麼不會游也不會飛。

「亞伯！」

我不禁出聲喚他。

我想向他道歉。我想告訴他「你沒錯，錯的是沒有耐心的我」。

亞伯嚇了一跳地看過來。

認出是我時，露出「完蛋了」的表情，轉身想逃。

與此同時。

「好痛！」

男人低沉的叫聲響遍了整個賣場。

「是你嗎？是你踩老子的腳嗎？」

是個距離中年只有一步之遙的男人，穿著領子皺巴巴的藍襯衫和同樣皺巴巴的黑長褲，下巴留著髒兮兮的鬍渣。亞伯轉身想逃離我的時候，不小心踩到這個人的腳。

「踩到別人的腳，連聲招呼都不打嗎？你家裡是怎麼教你的？」

男人誇張地拖著腳走向動彈不得的亞伯，用凌厲的三白眼瞪著他。亞伯嚇得臉色發白，不知所措地低下頭。

我急壞了。這個人不知道亞伯不會說話。

「對不起。」

我衝上前去替亞伯道歉。

「你是誰？是這小子的朋友嗎？還是個國中生嘛。」

男人上下打量我身上的制服。

「對。」

「用不著你道歉，老子是要這傢伙向我道歉。」

「那個……他不會說話，所以我替他向你道歉。」

這句話引起了誤會。

「哼！原來是不會說日文啊。」

男人的表情更不爽了。這時我才發現男人滿身酒氣，這個人喝醉了。

「這裡是日本，外國人也要說日語。你瞧不起日本嗎？」

「不是，你誤會了。」

「別以為你塊頭大，就可以目中無人。老子在京政大學可是參加過柔道社喔。」

男人口中的京政大學是無人不知、無人不曉的著名大學，我一時被唬住了。我有一種反射性地認為高學歷的人「應該都是正常人」的習慣。

另一方面，京政大學畢業的人智商大概也很高，我不想與這種大人起口角，不想被捲入麻煩。這種明哲保身的心情起了作用，我表現出怯懦的態度。

「總之踩到老子的腳就要道歉，用你本國的語言也沒關係。」

男人大概察覺到我想抽身，也發現亞伯的體格固然壯碩，但個性其實很老實，不僅盛氣凌人地說，還突然伸出手來抓住亞伯的衣領。

「你是哪一個國家的人？哈哈！該不會是恐怖分子吧。」

就在這個時候。

「哇啊啊啊啊啊啊啊啊！」

亞伯發出我從未聽過，有如野獸的叫聲。

「哇啊啊啊！哇啊啊啊啊啊啊啊——！」

他害怕得彷彿被什麼東西附身了。為了掙脫男人抓住自己領子的手臂，推了男人一把。被身強體壯的亞伯這麼一推，男人飛了出去，背部撞上後面的調味料貨架，醬油及味醂的保特瓶乒乒乓乓地從貨架上散落一地。

匡啷！

還有些玻璃瓶掉在地上破掉了，醋的酸味撲鼻而來。

「呀！」

買東西的客人尖叫起來，爭先恐後地逃離現場。男人坐在地上，被埋在一堆商品裡，大聲呻吟。穿著深綠色圍裙的女性店員紛紛趕來。

「你沒事吧？」

看到亂成一團的賣場，店員全都愣住了。

「發生什麼事了？有沒有受傷？」

「……這傢伙突然推我……」

男人指著亞伯站起來，臉色非常難看。紅色的液體從他的指尖滴滴答答流到地上，莫非是被打破的瓶子割傷了？

男人用另一隻手壓著那隻手，凶神惡煞地瞪著亞伯。

「叫警察來，這傢伙害我受傷，我要告他傷害。」

亞伯蹲在地上，就像冬天在雪山遇難的人，抱住自己的身體，撲簌簌地發抖。

我也嚇得發不出聲音來，腦中一片空白。

亞伯這種非比尋常的驚慌失措是怎麼回事？

雖說是對方先動手，但他害對方受傷也是事實。

怎麼辦？該怎麼辦才好？

我只能呆站在原地，六神無主地自言自語。

8 共鳴

佐野樹希

從托兒所接奈津希回家時，跟平常一樣先去超級市場一趟。

晚飯要吃什麼呢？

家計總是捉襟見肘，這個月又得更省一點才行。

因為用了很多年的冰箱和微波爐同時壞掉，必須換新。該如何是好，我絞盡腦汁，決定去二手商店買中古的，無奈最便宜的款式已經賣完了，最後還是花了很多錢。

接受生活保護是一回事，家電產品汰舊換新的錢還是得自己想辦法，只能從領到的救濟金，或者是為了以備不時之需而攢下來的微薄金額中擠出來買。

我不理奈津希站在零食賣場，一臉渴望的表情，走向特價蔬菜的花車，已經乾癟枯萎的青菜會打折來賣。

「哇啊啊啊啊啊啊啊啊！」

這時，鮮魚賣場響起野獸般的叫聲。

匡啷！

同時傳來玻璃摔碎的聲響。雖然聽不清楚，還有男人的怒吼和店員的聲音。原本平靜的店裡突然變得很緊張。

「奈津希！」

心想不管怎樣都得先保護好奈津希，喊她的名字時，才發現她不在我身邊。不僅如此，奈津希還受到好奇心的驅使，邁開小腳丫子，走向人群聚集的地方。

「奈津希，快回來！」

我追上去，抓住她的手臂，被眼前的畫面嚇了一大跳。

保特瓶及玻璃瓶散落一地的賣場、忙著安撫的店員和依舊破口大罵的男人。男人的指尖前方是蹲在地上的少年與臉色發白、茫然佇立、戴眼鏡的男生。

「……亞伯？山之內？」

我不禁跑過去。

「你們在這裡幹麼？出了什麼事？」

「這個黑人小哥對我動粗。」

三白眼的男人甩了甩沾到一點血的手帕，瞪著我說。

「妳跟他們是一伙的嗎？這麼凶暴的傢伙，不應該放出來到處走吧。這不就害我受傷了嗎。」

「什麼？」

凶暴？亞伯嗎？

怎麼可能。亞伯才不凶暴。

他明明就蹲在地上，抖得有如秋風中的落葉。

「這傢伙怎麼可能對你動粗，他才沒有這個膽子。山之內，你都看見了吧？到底是怎麼回事，你給我解釋清楚！」

「……這、這、這個人……」

臉色發白的山之內發出比蚊子還小的聲音。

「突然……突然抓住亞伯的衣領……。說亞伯踩到他的腳，他很生氣……。然後亞伯就驚慌失措地推開他……」

「所以是你先動手嘛！」

我在亞伯身旁蹲下，拍撫他寬闊的背，掌心感受到他全身都在劇烈地顫抖，我瞪了男人一眼。

「領子突然被抓住，任何人都會推開對方吧。叫什麼防衛來著？」

「這才不是正當防衛，是防衛過當。因為他害我受傷了。喂，叫警察來！快點報警！」

「沒問題。」

有個胖胖的女店員拿著手機，撥開人潮走過來。

我在心裡暗叫了一聲慘。我記得這張臉，是引發「生活保護體操服事件」的始作俑者──齋藤的母親。小學的家長參觀日見過幾次，所以我記得她的長相。

「我當時就在賣場，準備陳列生魚片，所以目睹了全部的經過。我會向警察報告我看到、聽到的一切。」

「別這樣……」

我忍不住發出求饒的呻吟。

我沒看到過程，無法判斷亞伯是不是真的一點錯也沒有，萬一因此鬧上警察局……。亞伯可能會因為「防衛過當」還是什麼的罪名被關起來。

「你這個人啊，」

齋藤的母親筆直地伸出粗壯的手臂，指著男人說。

「先是大呼小叫地吵著這孩子踩到你的腳，看這孩子什麼都沒說，你就拚命找碴，一下子問他是不是不會說日語，一下子說他瞧不起你，還突然抓住這孩子的領口，罵他目中無人，最後還說『你該不會是恐怖分子吧』。」

周圍正在買東西的婆婆媽媽全都面面相覷地互相點頭。

「……我才沒有那樣說。」

「才怪，你說了。對吧？大家是不是都聽見了。」

婆婆媽媽紛紛點頭如搗蒜，皺著眉頭，怒視男人。

「抓住人家的領子，還說人家是恐怖分子不太好吧。我對法律懂得沒你多，所以還是告訴警察，請警察做出判斷。」

這時有個高高的男人撥開看熱鬧的人，走向我們。我依稀瞥見他胸前的名牌上寫著「店長」的字樣。

「這位客人，又是你。」

店長眉頭深鎖地看著男人。

「你今天又喝酒了？上次鬧事的也是你吧。大家都在排隊結帳，你硬說有人插隊，真的很會給其他客人添麻煩耶。」

男人的表情突然變得怯懦，支支吾吾地說：「可是，我真的受傷了……」

「我看一下……。哦，手指稍微割破了，幸好血已經止住了。要不要去醫院看看？什麼？我才不會幫你出醫藥費呢。賣場亂成這樣，我們才是受害者好嗎？如果你有什麼不滿，歡迎你去報警。」

男人氣得臉都黑了。

「連你也瞧不起我……。跟這小鬼一樣，害我出醜……」

男人用充滿血絲的雙眼瞪著我們和周圍的大人，搖搖晃晃地走開了。

「請保重。啊，可以的話，以後買東西請到別的地方。路上小心，別再來了！」

在店長畢恭畢敬中不失戲謔的聲音恭送下，男人灰頭土臉地離開超市。

「你沒事吧？真是無妄之災啊。」

店長和齋藤的母親又撐又抱地扶起還蹲在地上不住發抖的亞伯，帶他到後場，讓他在褪色的沙發上休息。

亞伯的氣息紊亂、全身僵硬，齋藤的母親拿出透心涼的茶給他喝。

「這個給你喝，喝完就能冷靜下來了。還是你要喝熱的飲料？」

齋藤的母親手裡拿著保特瓶，看到我和山之內，露出錯愕的表情。當她看到我的臉，大概想起我是誰，頓時換上尷尬的神色。

她肯定也知道那起體操服事件。

沉默了好一會兒後，

「可是啊，剛才那個男的真是太過分了！」

不愧是老江湖，齋藤的母親裝出若無其事的表情，硬生生地轉移話題。

「我啊，最討厭……最討厭不合理的事了。藉酒裝瘋、胡攪蠻纏的人最下流了。還有啊……」

齋藤的母親憂心忡忡地看著雙眼無神、給他茶也不喝的亞伯。

「最好也跟這孩子的父母說一聲。因為他看起來似乎受到相當大的打擊，請父母來接他回去比較好。小弟弟，你家電話幾號？」

「這傢伙……亞伯他……發不出聲音來，我替他打。」

我從亞伯的短褲口袋撈出舊型的手機，打開事先儲存的聯絡人，裡頭只有一組電話號碼。

聯絡人的名稱是「媽媽」。

一小時後，亞伯的母親從上班的地方趕來超市。

上身是馬球衫、下面是運動褲，夾雜著白髮的頭髮在後腦勺紮成一束，臉色很疲憊。

沒怎麼化妝，看起來很樸素，體型比亞伯嬌小太多了。

不過，眼角下垂的溫柔眼神與亞伯完全是一個模子印出來的。

聽超市店長說完前因後果，亞伯的母親不斷低頭道歉。

「給大家添麻煩了……真對不起。那個，我會照價賠償。」

「不用了，又不是令公子的錯。如果要賠償，我還比較想找那個男人賠償。」

「謝謝你大人有大量……。不好意思，真的很抱歉。」

看到母親，亞伯的臉色稍微好轉，也喝了一口茶，令我卸下心中大石。

「亞伯，可以回家了嗎？」

我問他，亞伯的雙眼已經恢復神采，與平常無異地默默點頭。

亞伯和奈津希手牽著手走在前面。

然後是山之內和我，還有亞伯的母親。

五個人走在夕陽西下的街道上。

「亞伯受大家照顧了。我最近剛開始照顧老人的工作，經常要上晚班，所以總是丟著亞伯不管……。不過，亞伯都寫在筆記本上告訴我了，所以我知道妳是樹希小姐吧？以及你是……老師。」

亞伯的母親朝我微微一笑，向山之內低頭致意。

「聽說你在教亞伯讀書，真的非常感謝你。」

山之內在她的注視下，一臉似是羞恥、又像憤怒的表情，視線落在地面上。

「別叫我老師……我擔當不起……」

山之內以快要聽不見的音量說道。

「我今天也沒有幫到亞伯……」

原來如此。我到的時候，亞伯蹲在地上發抖，這傢伙臉色發白地像個木頭人似地傻站在那裡。

話說回來，亞伯為何會如此慌亂？

好端端被找麻煩想必很害怕，可是那個醉鬼都走了，亞伯還在發抖……。

「……到底發生什麼事了？亞伯跟平常不太一樣。」

「我也這麼覺得。」

山之內也盯著地面附和。

「我今天第一次聽到亞伯的聲音。」

「那真的是亞伯的聲音嗎？」

「是的。雖然不成句子，但是亞伯被那傢伙揪住衣領的時候，拚命尖叫掙扎，樣子非常不尋常。」

「亞伯他……那孩子他……」

亞伯的母親咬住下唇，訥訥地開口。脂粉未施的嘴唇變得更白了。

「一定是想起他的父親了，所以才會暴走失控。」

「父親？亞伯的父親嗎？」

山之內反問，我下意識地用手肘頂了頂山之內。

亞伯的母親似乎沒注意到，用眼神回答山之內。

閉嘴

不知怎地，我總覺得我們不應該再聽下去。

不願想起的過往。至今仍隱隱作痛的潰爛傷口。

假如亞伯和亞伯的母親也有這樣的傷口，事到如今，應該不想再重提往事吧？我明白。

「不要緊。」

亞伯的母親輕聲地安慰我，用指甲剪得短短的指尖把散落的髮絲撩到耳後。

「兩位一直對亞伯關愛有加……。如果不會給二位添麻煩，我也希望你們能知道亞伯的狀況。」

我和山之內互相看了對方一眼，默默點頭。

「亞伯的父親已經回去他自己的國家了……」

為免讓走在前面的亞伯和奈津希聽見，亞伯的母親壓低音量，細說從頭。

「他來自奈及利亞，非常喜歡日本，滿懷希望地來到這個國家，與我相遇，生下亞伯。我們結婚，住在一起。他去朋友介紹的工廠認真工作，以為自己已經變成日本人了，問題是……」

亞伯母親的視線在空中游移，彷彿在追溯過去的記憶。

「日本人不是會『區隔』外表長得跟自己不一樣的人嗎？不至於『歧視』，但是會

『區隔』。如果是觀光客，日本人的態度可以有多親切就有多親切。可是如果問到願不願意接納對方、當對方是自己國家的一份子，答案可就不一定了。無論過了多久，他永遠是『外人』。對日本有愈多幻想，這個事實就愈讓他失望。」

亞伯的母親低下頭，輕聲嘆息。

「跟工廠的同事也處不好，大錯小錯不斷，連薪資都縮水了，開始心浮氣躁地對家人說出不堪入耳的話，有時候還會對我拳腳相向。亞伯從小就悲傷又害怕地看著這樣的父親長大。」

感覺山之內在我旁邊屏住呼吸。

「這孩子四年級的時候……。工廠要縮編人員，第一個就裁掉我先生。於是他比平常更暴力，還把公寓的牆壁踹出一個洞來。我阻止他的時候……被他往死裡打，我還以為會死在他手上。亞伯死命地抱住他，想把他拉開，結果他抓住亞伯的領子，連孩子也不放過……。抱歉，我果然不願意再回想了。」

亞伯的母親聲音輕得不能再輕，話題到此結束。可是她那微弱的聲音卻刺穿了我的耳膜。

被父親施暴？

光是想像拳頭猛力落在當時還那麼小的身體上，我就機伶地打了個冷顫。

「若非鄰居報警，真不知我和亞伯會有什麼下場。事實上，我的傷確實重到需要住院。因為家庭因素，我沒有可以投靠的兄弟姊妹，只好先把亞伯寄放在育幼院，出院再去接他的時候，亞伯已經不會說話了……」

我和山之內都說不出話來，內心湧起極度苦澀的情緒。

亞伯、亞伯……

你當時是怎麼想的？

為了把恐懼、不安、悲傷全部鎖在小小的身體裡，就連自己的聲音都封印了。

「我現在的薪水也還很少，無法讓那孩子過上衣食無虞的生活，真沒用……」

「才不是這樣！」

我忍不住大聲吶喊。

「妳不是認真地工作養育亞伯嗎。光是妳沒有接受生活保護，像正常人一樣工作賺錢，就已經很了不起了！」

要是我媽也能像她這樣就好了，我不禁悲從中來。

「……謝謝妳。可是我也接受過生活保護喔。」

「咦？」

「剛出院的時候，身體還不是很靈活，精神上也有些萎靡不振，跟上班的麵包店請了幾天假，結果就被開除了。再加上我擔心亞伯不說話的症狀，想找工作也不順利，存款一下子見底，所以我接受過半年左右的生活保護，當時真的救了我一命……真的嗎？我有些詫異。這個人也接受過生活保護啊。

「亞伯現在還是不說話，幸好大家都對他很友善，我想他一定很幸福。只有身體長得高又壯，學習的速度也很慢，但今後也請務必繼續跟我們家亞伯做朋友。」

亞伯回過頭來。

牽著奈津希的手，臉上露出淺淺的微笑。

「我……」

山之內說到一半就哽住了。

「我什麼也不知道……。這種事，我完全無法想像……。今天也因為亞伯遲遲記不住公式，搞得我心浮氣躁。剛才在超級市場裡，面對那個男人，我一個字也不敢說……」

「千萬別自責。」

亞伯的母親把手放在山之內肩上，大聲地打斷他。

「亞伯很喜歡你喔。那孩子雖然不喜歡學習，但也知道不能不學習。你對他說過『你才不是笨蛋』對吧？老師這句話真的讓亞伯很高興喔。」

亞伯一臉羞澀地聽母親說話，扭扭捏捏了好半晌後，走向山之內，對他鞠了一個九十度的躬。

像是在為今天逃走的事道歉。

山之內猛搖頭。

把頭搖成一只波浪鼓，表情看起來都快哭了。

9 失望

山之內和真

發生超級市場事件的隔天。

我在自己的房間裡，打開筆記型電腦。

全身上下都籠罩在討厭自己的低氣壓裡。我不喜歡這個家，也很不屑爸爸和奶奶的勢利眼，可是或許我也在不知不覺間繼承了那份勢利，變得跟他們一樣。

屈服於權威，用名氣衡量一個人。

想到自己在超市裡，被那個自稱知名大學畢業的醉漢震懾到動也不敢動一下的模樣，內心就充滿了想「哇！」地大聲尖叫的衝動。

不僅如此，一旦被捲入麻煩，就只想要自保，見風使舵地駛向安全的地方；一旦遭遇危險，大腦就會陷入當機的狀態……。

我怎麼會是這麼渺小、軟弱、自私的人。

亞伯，對不起。

昨天晚上，我在床上翻來覆去，怎麼也睡不著，不經意想佐野同學說過的話。

當我說生活保護制度「不合理」時。

佐野同學說：「如果這是你的真心話，就給我想辦法改變啊。」我回答：「我才只是個國中生，根本無能為力。」

我確實沒有能力改變社會，但至少能研究這種救濟窮人的制度吧。

佐野同學正在接受、亞伯也接受過的生活保護制度。

我在瀏覽器的搜尋引擎裡輸入「生活保護」，感覺之前好像也做過同樣的事。

當時我一下子就被艱澀又死板的文章嚇得關掉瀏覽器，今天我要認真地研究了。

按下輸入鍵。

生活保護制度、生活保護的標準與金額、生活保護的給付條件、生活保護的退場機制……。

畫面中出現琳琅滿目的報導，看得我眼花撩亂，該從哪裡開始研究才好？

對了，我想先確認佐野同學說的是不是真的。

接受生活保護的家庭，小孩真的不能念大學嗎？開始打工，家裡可以領到的救濟金真的會減少嗎?真的連存錢都不行嗎……。

該加上什麼關鍵字搜尋，才能找到我要的答案呢?身後的房門打開了，可是專心思考的我並未發現。

「你在查什麼?」

直到爸爸的聲音從背後傳來。

聽到爸爸的聲音，我才發現爸爸已經探頭來看筆記型電腦的畫面。爸爸總是很晚才回家，也很少進我房間。

「生活保護……?你查這個做什麼?」

「這、這個是……」

「學校的社會科作業嗎?可是學校需要研究生活保護的議題嗎?」

爸爸指著電腦螢幕問我。

「這是……基於我個人的好奇心……」

「這有什麼值得好奇?」

「我聽說生活保護制度有很多不完善、不合理的地方……」

「哪裡不完善?根本是給太多了。」

爸爸皺著眉頭，跟往常一樣，用斬釘截鐵、不留絲毫餘地的態度說。

「貧窮是自己的問題。因為過去不夠努力，才會淪落到變成窮人，政府卻用其他認真工作的人繳的稅養這種人，這才不合理。」

「這種想法太……」

「而且研究這種跟考試無關的事只是在浪費時間吧！」

爸爸不由分說地大吼一聲，臉上的表情變得更難看了。

「和真，上次的模擬考，你數學考幾分？」

我沉默不語。因為我的分數遠不及爸爸要求的標準。

「英文也完全不行。你以為距離高中入學考還有幾個月。如果不在秋天追上其他人，你一定會落榜喔。總之給我徹底地搞定不擅長的科目，只要能避免失分，就還有機會放手一搏。」

爸爸搶過滑鼠，擅自關掉檢索畫面。

「還不趕快去做英文和數學題。」

「可是！」

我大聲抗議。

「就只有準備考試才是學習嗎？我的學習只要滿腦子想著偏差值和分數就行了嗎？」

「如果你要說好聽話，當然不是那樣。純粹的學術研究當然不是這麼一回事。可是國高中程度的學習根本稱不上學問，說穿了還是以考上為主要目的。懂了嗎？考試是競爭，是成王敗寇的戰爭，思考策略有什麼問題。我說完了，你還有什麼要反駁的？」

「……」

「我是為了你好。」

爸爸像是在為自己找藉口似地喃喃自語。

「我希望自己的兒子過得幸福有什麼不對。」

「只要考上好學校就能得到幸福嗎？」

「至少可以提升得到幸福的機率。」

「機率……」

心煩意亂的情緒有如潰堤的河水，從內心深處泉湧而出。這個人的理論乍聽之下天衣無縫，其實漏洞百出。

他以為只要高壓地、大聲地說得斬釘截鐵，我就會乖乖聽話。但我再也忍受不了這種局面，再也忍受不了他不可一世的眼神及語氣。

「只要考上好學校，就能提升得到幸福的機率……。是嗎？那你所謂的幸福是什麼？可以解釋得清楚一點嗎？順便再告訴我出車禍、遇到天災、生病的機率各是多少？只要考上好學校，人生就能一帆風順，這輩子就不會出車禍，也不會遇到天災或生病嗎？爸爸每天在醫院看那麼多病人，那些人都是學歷不高的人嗎？」

爸爸有一瞬間彷彿被我問住了，啞口無言，但下一瞬間整張臉都漲紅了。

「少給我強詞奪理！」

爸爸咆哮著大喊。

「毛都還沒長齊……還在靠父母養活，就別說那種不知天高地厚的大話了。」

「我確實還要靠你養活，畢竟我尚未成年。」

「還有臉說。從小到大我可從來沒有讓你冷過餓過，該給的我都給你了。」

「是沒錯，真的非常感謝你。」

我這句話顯然踩到爸爸的地雷了，爸爸甩了我一耳光。左臉傳來熱辣的痛楚，我連人帶椅摔倒在地。

「和真！」

媽媽衝進房間。

見我倒在地上，媽媽撫摸我的臉和背，狠狠地瞪了爸爸一眼。

「不順你的意就動手打人……真沒水準！」

「連妳也跟這傢伙一鼻孔出氣……」

爸爸氣急敗壞地喘著粗氣，指著我說：

「這小子敢這樣強詞奪理，還不都是妳寵出來的。」

「強詞奪理……。哼……我強詞奪理嗎。」

我捂著有如野火燎原的臉頰，抬頭看爸爸，感覺從胸口冷到骨子裡。

「說不過別人的時候，就說別人強詞奪理，這句話還真好用啊。」

「你給我閉嘴，和真！」

「我偏不閉嘴，我已經不是小孩子了。」

「你就是小孩子！」

爸爸跺腳大喊。他才是小孩子。

「你的一切生活所需還要靠我就是最好的證據。食衣住行、上補習班的學費，就連這臺電腦也是我給你的，還我！」

爸爸粗魯地拎起桌上的筆記型電腦，用力地扯掉電源線。

「還有這隻手機也是！」

連還在充電的手機也被他拿走了。

「我今天就幫你解約。反正本來就是我幫你買的手機，我也輕易就能解約。」

爸爸一臉得意的表情，懷裡抱著電腦和手機，看起來已經不只是滑稽，簡直是蠢到家了。沒錯，這才是所謂的蠢蛋。

「隨便你。」我報以冷笑。「我無所謂。」

爸爸抱著電腦和手機，氣沖沖地走出房間。媽媽追上去說：「沒有了手機，萬一發生緊急狀況，不就連絡不上了嗎。」爸爸回答「關我什麼事！」的聲音從遠處傳來。

過了好一會兒，媽媽獨自回到我房間，輕輕地關上房門，遞給我一條濕毛巾。

「臉頰都紅了，用這個冰敷一下。」

「……謝謝媽。」

「呵呵！」

我用毛巾按住臉頰，涼涼的好舒服。

媽媽突然笑得好開心。

「笑什麼？」

「笑你還真敢說啊。」

「什麼意思？」

「你爸也對媽媽說過同樣的話，說我還要靠他養……」

總覺得好像在媽媽眼底看到一閃而過的憎恨。見我頓時噤若寒蟬，媽媽換上和顏悅色的表情說：

「所以你剛才說那些話等於幫媽媽出了一口氣。」

看到媽媽恢復少女般的笑容，我這才放下心中大石，感覺充滿攻擊性的心又變得柔軟。媽媽果然是我的媽媽。

「爸爸真的認為除了準備考試，做任何事都只是在浪費時間嗎？」

「我想他是真的這麼認為喔。因為他對自己的學歷充滿自信，只可惜想法太落伍了。」

媽媽聳聳肩，瞥向我失去電腦的書桌。

「你剛才挨罵了對吧，在查什麼？」

「……我在查生活保護的事。」

「是嘛。」

媽媽露出欣慰的表情。

「你對那方面的議題感興趣啊。和真從小就很喜歡社會科的研究學習呢。」

「雖然對考試沒什麼幫助就是了。」

「那有什麼關係，媽媽覺得什麼都想知道的求知欲很重要喔。有興趣的事，就應該徹底地研究下去。不過，你怎麼會對生活保護感興趣？」

「我朋友啊……」

不知不覺，話就這麼自顧自地滑出嘴邊。

這時我才想到自己竟然稱佐野同學為「朋友」，我們是朋友嗎？我捫心自問，覺得既害臊，又有點高興，心裡小鹿亂撞。臉頰已經冷卻了，這次換耳根變得好熱。

「是我班上的女生……她們家接受生活保護。聽她形容，制度上好像有很多不合理的地方，所以我才想查一下。」

我還以為媽媽會稱讚我：「這是好事啊。」

可是媽媽卻陷入沉默。

小心翼翼地觀察我的反應，眼神流露著不安。

「……班上的女生？」

「嗯，她每天都替生病的母親接送妹妹上托兒所。」

「你和那個女生……」

媽媽貌似有些難以啟齒，卻又鼓起勇氣問我：

「該不會在交往吧？」

我大傻眼。因為我做夢也沒想到會從媽媽口中聽到這個問題。

「怎麼可能！才不是那樣！我才不會跟她交往！」

「這、這樣啊。啊……嚇死我了。我還以為你跟接受生活保護的女生交往。」

媽媽的語氣、如釋重負的表情彷彿往我心裡潑了一桶髒東西。

「這句話是什麼意思？」

我想盡量冷靜地表達，可是分不清是悲傷還是憤怒的情緒一股腦兒湧上心頭，令我呼吸困難。

「是什麼嚇死妳了？是我和女生交往？還是那個女生正在接受生活保護？」

「以上皆是，兩者都會嚇死我！」

媽媽發出彷彿剛從鬼屋走出來的聲音。

「因為現在確實不是交女朋友的時候，而且媽媽對接受生活保護的家庭確實也沒什麼好印象。當然，一樣米養百樣人，不能一概而論。可是你不覺得那種人跟我們家不是同一個世界的人嗎？」

我聽得目瞪口呆，沒想到會從媽媽口中聽到這種言論。

被爸爸漠視、被奶奶輕蔑的媽媽。

我還以為如果是媽媽，至少能站在弱者的角度，與弱者站在同一邊。

「……跟我們家不是同一個世界的人是什麼意思？」

我問媽媽。

「妳瞧不起那種人嗎？」

「才沒有這回事！」

媽媽慌張地想要自圓其說。

「正好相反，我很同情他們，想幫助他們。只是我們家沒有跟那種人接觸過，所以媽媽嚇了一跳……」

「別說了！」

我大聲地打斷媽媽，不想再看她。沒想到我會有對父母如此失望的一天。

我調整呼吸，想盡辦法壓抑波瀾萬丈的心情。

「……我也沒資格說別人。」

沒錯。稍早之前的我不也跟媽媽一樣嗎。

對「生活水準低端人口」的世界甚至懷有嫌棄及恐懼的偏見。

以為自己這輩子都不會跟那個世界的人扯上關係。

明明我現在的生活既不快樂，也不開心，甚至找不到自己的容身之處。

儘管滿肚子委屈，但我還是告訴自己，這裡應該就是最好的地方，拚命蒐集微不足道的優越感。

沒錯，就是優越感——與其說是自尊心，不如說是優越感。

只有跟別人比較才能得到的優越感。

十二歲春天，補習班的同學投射在我身上的欣羨眼神。

從芸芸眾生中脫穎而出的愉悅心情。

即使被蒼洋中學退貨，當時的心情還深深地烙印在我的靈魂深處，明知捨棄這種心情會比較輕鬆，卻又捨不得放棄這種想覺得自己比別人優秀、還是受老天眷顧的複雜心情。

我、媽媽、還有爸爸、奶奶，我們都一樣。
或許我們都靠著自己心中的優越感活到現在。
我們究竟是幸福，還是可悲呢？

10 探索

山之內和真

放學後，我用公共電話打電話去補習班，說我發燒了，現在要去看醫生，向補習班請假。掛掉電話就直接前往市立圖書館。

我決定了。對父母的失望更加速了我的決定。我的心才不要任由你們擺布，我偏要研究你們不認同的生活保護制度。電腦和手機都被沒收固然很無奈，但是應該還有別的方法可以蒐集到資訊。

沒多久就抵達圖書館，走進大廳，用沒人使用的檢索機器尋找具有參考價值的書。輸入「生活保護」的關鍵字，螢幕中顯示出上百本的書目。太多了，反而不知該選哪一本。

想了又想，「請問一下……」我問櫃臺的人。

「我想查生活保護的資料。」

「生活保護的資料嗎？」

年輕女性館員公事公辦地操作手邊的電腦，機械式地回答：

「有一本叫《生活保護手冊》的書應該寫得很詳細。」

「那……我要借那本書。」

「請稍等一下。」

看到她從後面的閉架書庫（註：僅允許圖書館工作人員進出取放資料的書庫）拿出來的書，我的眼珠子都快要掉出來了。

那本書好厚，封面印有「生活保護手冊」的書名。

我稍微翻了一下，至少有九百頁以上，重得要死。這哪是「手冊」啊，根本是字典吧。我感到怯步，卻又沒得選擇，只好拿到閱覽桌上，從第一頁開始看起。

怎麼會有這麼讓人不想看下去的書啊。

書裡密密麻麻地塞滿了細細小小的鉛字。我先反覆閱讀名為「生活保護法」的法律條文。

〈生活保護法　第一章　總則（這條法律的目的）

第一條　這條法律是基於日本國憲法第二十五條規定的理念，對於生活貧困的國民，國家將依其貧困的程度給予必要的保護，以保障國民都能過上最基本的生活，並以協助其自立為目的。〉

想起來了，我在網路上也看過類似的文章。

整本書都是硬梆梆的文字，看得我頭都暈了。我只想知道「接受生活保護的小孩不能上大學嗎？」「也不能存錢嗎？」這種單純的問題，但這些問題的答案寫在哪裡？

我繼續往下翻，後面全都是用硬梆梆的文字寫成的規則和難以理解的表格。

〈原則上，需要保護與否的程度悉依政府公告的最低生活費與該戶經第八條認定的實際收入之間的差距……〉

〈當房租、地租的費用超過表一規定的金額，根據都道府縣及地方自治法或同法第二百五十二條的二十二……〉

完全看不懂。我從整本書最後面的索引尋找「大學」「存款」的字眼，可是都沒有。

也就是說，真的無法上大學，也無法存錢嗎？

我覺得好累，甚至對這本書為何如此難懂感到憤怒。再說了，接受生活保護的人應該多半都是教育水準不高的人，那些人有辦法理解這麼複雜的規則嗎？

我拿這本書去櫃臺還的時候，剛才的女人又機械化地說：「請出示借書證。」還書也需要出示嗎？我遞出借書證，她「嗶嗶！」地掃了一下，把書和卡片還給我說：「借閱期限為兩週。」

不是，那個，我是要還，沒有要借……。

我正要開口時，後面來了一個大媽，在櫃臺上放下一大疊書，把我逼到旁邊。沒辦法，我只好抱起比字典還重的書，走出閱覽室。無可奈何地望向窗外，看見鐵軌對面的建築物。

我記得那棟三層樓的建築物是市公所。

市公所——那裡肯定有負責處理生活保護的窗口，窗口應該有熟悉制度的人。

市公所的一樓有個說明各單位所在地的平面圖，生活支援課的文字從二樓的地方映入眼簾，還寫著接受生活保護相關諮詢的說明。

找到了。

不知道能不能請這裡的負責人花一點時間解釋給我聽。如果可以的話，就能獲得正確的資訊了。雖然認為這是個好主意，但也同時裹足不前。

因為要主動請教不認識的人需要勇氣，完全不符合我的個性，內心湧起想打退堂鼓的負面情緒。

我到底為什麼要做這些事，為了反抗父母嗎？

冷不防，凝眸深處浮現出老舊和室的畫面。收留我的「容身處」、老闆煮的咖啡香氣、亞伯的鼾聲、與佐野同學的口角。

那些在蒼洋中學絕不會遇見的人。

都是我無法理解的事。可是我覺得那是我有生以來，第一次與別人真心碰撞、交流。曾幾何時，那段時間在我心裡沉澱下來，如今正推著我往前走。

我手足無措地走向所有工作人員中看起來最好說話的女性窗口。

「請問……」

「什麼事？」

中年的女職員忙著翻閱手邊的文件，只微微揚起頭來。

「……不好意思，我對生活保護的制度有幾個問題。」

「問題？你是接受保護的民眾嗎？」

「不是……。呃，那個……我跟接受生活保護的人討論過，結果產生了許多疑問。」

她一臉狐疑地看著我，露出像是看到可疑人物的眼神。

「不好意思，我正在忙。」

她直接用語氣「唰！」地一聲拉下鐵門。

「還有很多人在等。二十三號來賓，讓您久等了！」

一臉「你也看一下狀況」的表情從我臉上移開視線，面向後方，大聲呼喊。

回頭一看，有好幾個人正坐在椅子上等待叫號。因為太緊張了，我沒有注意到。

一臉落腮鬍的男人瞪著我，拚命抖腳。

滿頭蓬亂白髮的老婆婆站起來，步履蹣跚地走向櫃臺。

「上次妳也說不行……。可是能不能請妳通融一下，我手邊只剩下兩千六百圓了。」

我趕緊彈開，把窗口讓給老婆婆。

窗口和等待叫號的人全都一臉筋疲力盡的表情，電話響個不停也沒人接。

「哇……哇……」

角落有個被母親抱在懷裡的小嬰兒號啕大哭，所有人都備感困擾地看著他。小嬰兒的哭聲與響個不停的電話鈴聲吵成一片，讓氣氛更加充滿肅殺之氣。

「所以說……」

正在跟窗口說話的老人突然一拳敲在櫃臺上。

「跟你說也說不通，你根本什麼也不懂！」

「請你小聲一點。」

還很年輕，鼻翼有顆痣的男職員滿頭大汗地安撫對方。

「上個月我老婆死的時候，你是怎麼說的？說接受生活保護的人不能收奠儀。還說如果收了奠儀，就得還給市公所對吧？」

「不是，你誤會了！我的意思是說……如果把奠儀當成收入，稍後必須還給政府。可是根據我的調查，家人去世時收到的奠儀並不算收入，所以不用還給政府……」

「你現在才說這些有屁用！因為你說得那麼複雜，鄰居要給我白包，我都推辭了不敢收。要是有那筆錢，至少能在我老婆的枕邊放朵鮮花。」

老人悔不當初地控訴，說到聲嘶力竭，又一拳敲在櫃臺上。

「都怪你說得不清不楚，你要怎麼賠我！你這個薪水小偷！」

「你、你這句話說得太過分了。別看我這樣，我也在拚命工作。為了讓大家都能領到政府規定的救濟金，我也盡全力了。可是每個人的狀況都不一樣，事情沒有你想的那麼簡單……」

「那是你不夠認真的問題吧！」

我從又開始大聲怒吼的老人身上移開目光，走向樓梯。

沒用的。我只是個什麼都不是的中學生，也不是接受保護的家庭，要在這裡提出沒有任何緊急性的問題，根本是搞錯場合了。

我羞愧得面紅耳赤，飛也似地衝下樓，逃出市公所。

跑進以空橋相連的購物商城，羞愧的感覺依然纏著我不放，恨不得挖個地洞鑽進去。為了轉換心情，我在胸前翻開剛從圖書館借來的書，以視線追逐著細小的鉛字，在商城裡前進。

好重，手好痠，而且這本書簡直無聊透頂。

沒完沒了的規則就像故意找我麻煩似地既冗長，又不知所云，完全找不到能化解我心中疑問的答案。正當我覺得根本是自討苦吃，打算放棄的時候。

「啊，果然是山之內同學。」

身後傳來口齒不清的娃娃音，甜甜的香味撲鼻而來。

是城田艾瑪。跟平常一樣塗上粉紅色唇彩的嘴邊掛著微笑，站在鞋店前。

身旁是個三十出頭的男性，輪廓深邃，長得很帥。城田同學提著看上去應該是剛買的商品紙袋，親暱地挽著那個人的手告訴他：「他是我們班上的男生。」我覺得自己好像看到什麼不該看的畫面，下意識地避開她的視線。

「討厭啦，山之內同學，你是不是誤會了？這個人是我舅舅，是我媽的弟弟。再過不久就是我的生日，所以今天是來買我的生日禮物。」

「這、這樣啊。」

我為自己的妄想感到丟臉。

「你看的書很有意思呢。」

城田同學的舅舅充滿好奇地探頭過來看。

「我還是第一次看到邊走邊讀《生活保護手冊》的國中生。你對生活保護有興趣啊？」

「呃，那個……嗯，是有點興趣。」

「生活保護……」

城田同學喃喃自語地看著我。

「你該不會是為了樹希吧？」

「呃，這個嘛……」

「你看得懂那本書嗎？」城田同學的舅舅問我。

「……完全看不懂。」

「我想也是。」

城田同學的舅舅哈哈大笑。

「因為那是給第一線的社工人員使用在工作上的書。確實是生活保護的聖經，可是你應該看點更簡單的書吧？需要的話，我可以介紹幾本書給你。」

「我舅舅是大學教授喔。呃，你說你教哪一科來著？」

城田同學側著頭問道。

「社會學啦！但我只是最底層，微不足道的助教。」

城田同學的舅舅不好意思地回答。

「請告訴我！拜託你了！」

我情不自禁地大聲低頭懇求，城田同學的舅舅點點頭，坐在沒人坐的椅子上，一面操作智慧型手機，在筆記本裡寫了一些資料，撕下來遞給我。

上面是幾本與生活保護制度有關的書與作者的名字。

11 希望

佐野樹希

一如往常地幫奈津希洗完澡，幫她的異位性皮膚炎上藥。

奈津希的皮膚長滿一點一點的紅疹，尤以脖子、手肘內側和屁股特別嚴重。

快好快好快好。快點痊癒快點痊癒快點痊癒。

我邊念咒邊幫她塗藥，然後再餵她吃飯。

在事先煮好的義大利麵上淋上大量的微波肉醬。

得讓她多吃點對身體有益的東西才行。打開冰箱，只剩下一顆過熟所以降價求售的番茄。我切成小塊，放進盤子裡給她吃。

趁奈津希邊看電視邊吃番茄，我偷偷地溜出家門。

前往小朋友也能去的地方——「容身處咖啡館」。

山之內今天應該也會來教亞伯功課。

「妳來啦，樹希。」

店內沒有其他人，老闆正百無聊賴地擦拭咖啡杯。

「今天大概是因為接下來有足球轉播，客人都不來了。乾脆我們家也來裝臺大型液晶螢幕，像運動型咖啡館那樣。」

「別說傻話了，你根本沒那個錢。亞伯和山之內呢？」

「還在用功吧？亞伯今天只下來上過一次廁所。」

我脫鞋上二樓，只見亞伯躺在榻榻米上看漫畫，山之內在矮桌上攤開一本書，正專心地閱讀。旁邊還堆了好幾本書。

「怎麼是你在看書，亞伯的功課呢？」

「搞定了。我已經從頭教會他如何計算三角形及四邊形的面積了。」

「是嗎。」

「但是我沒有催他。萬一又被他給跑了，我可擔待不起。」

本來在看漫畫的亞伯慢吞吞地坐起來，不服氣地噘嘴，靠近矮桌，拿起桌上的自動鉛筆，在自己的筆記本上寫下一行字。

我不會再逃走了

「真的嗎？」

山之內以半開玩笑的語氣調侃，兩人相視微笑。

看起來就像一對臉型、膚色、體格截然不同的兄弟。

「亞伯的功課已經做完了，你怎麼還不回去？」

「……我在等妳。」

山之內闔上厚厚的書，推到我面前。

「……《生活保護手冊》？這是什麼？」

我翻開來看，裡頭密密麻麻地印著橫書的小字，看得我頭昏腦脹。而且頁數也太多了，活像百科全書。他居然看得下這種書。

亞伯也探過頭瞥了一眼，馬上就皺著眉頭打開漫畫書。

「這本書裡寫了關於妳接受的生活保護制度。妳上次不是說過嗎，接受生活保護的家庭，小孩高中一畢業就得出社會工作，既不能打工，也沒有儲蓄的自由。」

是有這回事。上次也不曉得在氣什麼，一股腦兒對山之內坦承自己的狀況。

「難不成……」

我輪流打量矮桌上的書和山之內。

「你看這麼難的書是為了研究我說的事？」

定睛一看，眼鏡背後的雙眼布滿血絲，看起來好沒精神。難道是睡眠不足？他一直在看這本書，看到雙眼充血嗎？

「但是這本書太難了，我根本有看沒有懂。」

山之內一臉羞赧地把手放在寫著「生活保護手冊」的封面上。

「幸好我偶然遇見城田同學的舅舅，他是大學教授，專門研究社會學，介紹我一些比較簡單好懂的書，我去圖書館借回來全部看過一遍後，原本不懂的地方漸漸有了答案。」

「艾瑪的舅舅……？」

我聽艾瑪提起過，她有個在當什麼老師的舅舅。

「我想告訴妳答案，所以才等到現在。佐野同學，我先從結論說起，妳誤會了。妳可以繼續讀書，考上高中後，出去打工賺的錢也可以存下來。」

「什麼？」

事情來得太突然，太出乎我意料之外，我腦中一片混亂。山之內開始冷靜地解釋給啞口無言的我聽。

「當時妳說一旦打工，領到的救濟金就會扣掉打工賺的錢，所以不可能儲蓄，接受生活保護的家庭原本也不允許儲蓄。」

「……我確實這麼說過。」

「妳說的基本上沒錯，可是有幾種情況例外。」

「例外……」

「沒錯，從前幾年開始，政府就破例同意高中生可以為自己的將來打工存錢。存錢的目的如果是為了吃喝玩樂或買奢侈品當然不行，但如果是為了準備升學或就業則沒問題，也不會因此減少給付給那一戶的救濟金。」

我聽得目瞪口呆。真的還是假的？

我從不知道有這樣的「例外」。

「我可以把打工賺的錢留下來嗎？可以為了將來存錢嗎？」

「沒錯，只是關於使用的方式有嚴格的規定就是了。還有妳說接受生活保護的家庭，小孩不能升學，必須工作的事。」

山之內扶好眼鏡。

「基本上也沒錯，只不過，這裡也有一個實務上的技巧。」

「實務上的技巧……」

「妳身為接受生活保護家庭的一員，確實高中畢業就得出社會工作。所以妳只要脫離現在的家庭就好了。」

「什麼？」

「你是要我拋棄奈津希……拋棄媽媽，離家出走嗎？」

這次不只驚訝，還有怒火湧上心頭。

「不是。妳們可以跟現在一樣，繼續住在一起，只要辦理書面的手續就行了。」

山之內拿起另一本書，翻到貼著便利貼的那一頁。

書上印有斗大的鉛字「關於升學時的戶口變更」。

「即使住在一起，也能另外自成一戶，亦即所謂的『戶口變更』，聽起來很深奧，但只要申請戶口變更，妳高中畢業以後應該也能繼續升學、繼續讀書。」

「你是說……我可以讀大學嗎？」

我聽得瞠目結舌，喃喃自語。

「跟社工說的完全不一樣。」

「妳的社工並沒有騙妳，他只是沒有向妳說明例外及實務上的技巧。這一點實在是怠忽職守，再不然就是……」

山之內指著剛才那本《生活保護手冊》說：

「可能他沒有把這些海量的規則全部背起來。因為不只多如牛毛，而且規則每年都會改變。社工也不是每個都是完美無缺的人，在知識不足的情況下，還得面對堆積如山的工作，難免有人會應付不過來。」

我想起社工那張還很年輕的臉。

那傢伙也是因為應付不過來嗎？不過，比起憤恨的情緒，無聲的亢奮靜靜地在胸口捲起千層浪。

「……什麼嘛。」

為了不讓浪潮翻出胸口，我故意冷淡地說。

「原來我……可以升學啊。」

當我的耳朵聽見我自己說的話，不由得一陣鼻酸。

我可以升學了？可以有夢想了？

我也有選擇未來的自由了？

「可是，這並不是一件容易的事。」

山之內冷靜的語氣拉回我飛走的注意力。

「國家會給付一部分念大學需要的錢，另一部分則利用高中的時候打工存錢。靠獎學金也能解決學費的問題，問題在於……」

「問題在於？」

「根據現今的法律，申請『戶口變更』的小孩不能再接受生活保護。當妳家的戶口剩下令堂和奈津希，政府只會給付兩人份的救濟金，妳的生活費必須自己想辦法。如果能申請到獎學金自然是最好，如果申請不下來，就必須打工賺錢。妳的情況除了要去學校上課，還得照顧奈津希、做家事，一定會非常辛苦……」

「沒問題。」

我看著山之內。

「因為我……很堅強！」

我倒轉記憶的螺絲，眼前浮現爸爸的面容。

「樹希一定會成為堅強的女生。」

也聽見爸爸笑著說的聲音。我不確定媽媽的病接下來會不會好轉。當我十八歲的時候，奈津希才小學一年級。

工作、賺錢、學習，還要照顧奈津希、包辦所有的家事？

可是，就算這樣。

或許能實現夢想的可能性宛如一道曙光，照亮了我的前路。

「佐野同學為什麼想繼續升學？」

山之內語帶遲疑地問我。

「因為……如果可以的話……我想當護士。」

十一歲那天。

爸爸死了，媽媽也靠不住，不僅靠不住，還被救護車送到醫院。

萬一媽媽也死了，孤零零的我該怎麼活下去。我再怎麼逞強也撐不住，不安得發不出聲音來。

這時，是那個人的手撫摸著我的背。

是那雙手拯救了瀕臨崩潰的我。

「媽媽病倒時，我遇到一個護士。她知道我們家很窮，明明與自己無關，卻還是為了我向很多人請教，我們家才得以接受生活保護，簡直是我們的救命恩人。」

「原來如此，所以妳才想當護士啊。」

「嗯。就像雛鳥剛從蛋裡孵出來的時候，會認定第一眼看到的東西是自己的父母親。」

「哦，妳是說『印痕作用』啊。」

「就是那個。因為當時我正處於人生最灰暗的時期，第一次遇到像她那麼有擔當的大人。我一直想著如果將來能有機會做點什麼，我想跟那個人一樣，當個護士。」

這是我第一次告訴別人這個難以啟齒的夢想。可是一旦說出口，又覺得其實我早就想昭告天下了。

「可是只有高中畢業無法成為護士，必須上大學或專門學校學習才行。聽說如果去念有『衛生看護科』的高中也能當護士，可是那所高中離我家太遠了，我去不了。」

「……真可惜。」

「這也沒辦法，誰叫我還得照顧奈津希呢，所以我放棄了。」

「希望妳不要放棄，雖然這條路走起來絕不輕鬆。」

山之內或許預料到我今後必須承受的辛苦，表情蒙上一層陰影。一旁的亞伯闔上漫畫，拿起自動鉛筆，在自己的筆記本上寫下一行字，推過來給我們看。

我覺得樹希一定能成為護士。雖然有點凶，但是很可靠

與往常無異的小字像一排螞蟻，正快樂地在紙上翩然起舞。

「有點凶是什麼意思！」

我半開玩笑地拍打亞伯的背，胸口湧起一股暖流。

我能成為護士嗎？我能實現夢想嗎？我能接近始終住在我內心深處「有擔當的大人」嗎？

山之內望向堆在矮桌上的那疊書。

「經由這次的研究，我明白了一件事，所謂的制度實在太複雜了，就連專家也不見得完全都能理解。不難想像這是為了因應千奇百怪的狀況，事先擬訂很多細則，可是要靠實務上的技巧或例外才能克服的感覺還是很奇怪。」

「就是說啊，就不能規定得淺顯易懂一點嗎。害我一直以為既不能存錢，也不能上大學。」

「說穿了，制度這種東西，其實是在欺負不懂的人。」

山之內以隱含怒氣，又有些悲切的語氣輕聲說道。

「這些都是圖書館的書，暫時不用急著還，所以我先放在這裡，妳參考看看。」

「你是要我看這些書，學習實務上的技巧和例外嗎？」

我指著山之內堆在桌上的書。

「被生活追著跑的人哪來的時間和體力看書。更何況，查了一堆資料，這個也想申請、那個也想申請的話，世人不知道又要說些什麼了。說妳這個窮光蛋卻搞那麼多花樣，太奸詐了。」

我想起「生活保護體操服事件」，內心再度籠罩在灰色的毒霧裡。

你們可好了，占盡便宜

那種觀感真的非常傷人。所以我一直提醒自己，光是活著就值得感恩，光是有錢拿就值得感恩。所以我一直認為顧慮世人的眼光，安分守己地活下去是我們窮光蛋的宿命。

我一直抱著這種心情忍耐到現在，感覺什麼都無所謂了。既然如此，乾脆連未來都不要了。一想到這裡，心臟就快要爆炸了……。

「才不奸詐，這是妳的權利。」

山之內不容置疑地斷言道，指著那本《生活保護手冊》說：

「這本書雖然都是一些生澀難懂的文章，唯有最初的法律條文我看了好幾遍，看到記住了一句話。」

「哪句話？」

「生活保護法　第一章　第二條『全體國民只要符合本法律制定的條件，就能平等、無差別地受到本法律提供的保護』。」

山之內行雲流水地背誦出來。

「平等？無差別？說得可真好聽啊。」

「沒錯，這個世界根本沒有所謂的平等，我也覺得眾生平等是騙人的。可是這條法律並沒有說保護是『平等、無差別』的。」

山之內擲地有聲地說，視線落在封面上。

「有人說貧窮是自找的，但這條法律並非如此冷酷無情。這條法律完全不管以前是不是不夠努力、是不是行為不端正這種過去的事情，公平地向所有真正有困難的人伸出援手……。看到這裡的時候，我產生了可以再相信人類一下的心情。」

察覺到我和亞伯呆若木雞的眼神，山之內面紅耳赤地羞紅了臉。

「人類雖然渺小、軟弱、又自私……但也不是無可救藥。」

「你說得好玄，我聽得不是很懂，可是……」

我由衷地說。

「我只知道一點，那就是這個世界上還是必須要有你這種人才行。」

山之內的臉更紅了，害羞地微笑。

這天或許因為轉播足球賽的關係，店裡幾乎沒有客人，老闆乾脆放棄做生意，做飯給我們吃。

炸薯條、毛豆、花枝圈再加上炸雞、三明治、醃黃瓜。

豐盛地裝了滿滿一盤，連同果汁一起拿上二樓。

「來吧，你們多吃一點。」

「太棒了！搞得這麼豐盛，沒問題嗎？」

「誰叫客人都不上門。老師，你今天也吃了再走吧，算是我感謝你平常免費教亞伯功課。」

我還以為山之內會說「不用了，我得回家吃飯」，沒想到他坦率地低頭道謝，伸手拿起三明治。

「喂，你可以在這裡吃飯嗎？」

「可以。」

山之內大口大口地吞下三明治後，說了聲：「很好吃。」

「是不是，是不是，很好吃吧。多吃一點。啊，亞伯倒是該節制一點，你的食量太大了。啊啊——不要只吃炸雞，也要吃蔬菜！」

亞伯一臉無奈地把醃黃瓜送入口中，酸得臉皺成一團。看到他的表情，我和山之內都笑了。

「這裡真的是容身處呢。」

我以前也聽過這句話，如今山之內又說了一遍。

「對，你說的沒錯，因為這裡就叫作『容身處咖啡館』嘛。」

老闆喝著罐裝啤酒，引以為傲地說。

我吃著炸薯條，仰望天花板。亞伯和山之內也一起抬頭。

髒兮兮的天花板就像故鄉的夜空，那個洞是哪顆星呢？北極星嗎？微微泛黑的污漬往四周擴散，看起來既像星雲，又像銀河。

倘若我能飛向這片夜空。

「樹希，妳這陣子上課都好專心啊。」

休息時間，我在筆記本上畫線時，耳邊傳來艾瑪語帶調侃的聲音。

「不行嗎？」

「怎麼會不行。」

雙手在面前揮了揮、鼻腔共鳴的娃娃音，跟小時候一模一樣。

「我很高興喔，感覺總是一臉倦容、懶懶散散的樹希變得比較有精神了。」

「……要妳雞婆。」

「好過分！居然罵人家雞婆。不過既然妳覺得我雞婆，那我就多嘴再問一句，是不是有什麼好事發生？比方說……有人向妳表白？」

「怎麼可能？才沒有！」

「沒有嗎？真的嗎？我還以為鐵定八九不離十。哼，算了，是不是都無所謂，妳能打起精神就好了。」

「因為……我有了目標。」

我終於說出口了。

「目標？什麼目標？」

「才不告訴妳。」

「欸，告訴我嘛。」

我不理她。現在還不想跟她說太多。我不討厭艾瑪，可是艾瑪的家庭很正常。不同於小學的時候，這會讓我不由得欲言又止。

我在心中喃喃自語。

艾瑪，我的目標是成為一個不靠國家施捨，今天也有飯吃的人喔。可以的話，我還想從事我想從事的職業，賺錢養活自己。

對艾瑪而言，這個目標大概很可笑吧。但我原本以為即使是這麼平凡的夢想也永遠不可能實現。

可是現在，我終於看到一絲微光。

有如雲層中的星星，雖然很微弱，但是看在此時此刻的我眼中，那絲微弱的光芒卻令我無限愛憐。

12 失去

山之內和真

今天教亞伯「比例」的基礎。

亞伯的理解速度還是很慢，教學遲遲不見進展。

「假設把水倒進空的水槽裡，倒進一公升的時候，水量的高度為三公分，倒進兩公升的時候，水量的高度變成六公分，請問倒進七公升的時候，水量的高度為幾公分？」

亞伯一臉苦惱地陷入當機的狀態，我在他的筆記本上用表格解釋給他看。

一下面是三、二下面是六、三下面是九……。

亞伯露出「我懂了！」的表情，在七下面的空格寫下二十一的數字。

「很好，答對了！」

我畫了一朵大紅花給他，內心有些忐忑，心想這麼一來要等到什麼時候才能進入用X與Y計算比例的公式。不過，即使進度慢如烏龜或蝸牛，確實還是有在前進。

屬於亞伯的水槽太大了，就算倒進一公升，高度也只有一公分。但即便如此，只要倒進兩公升，就會有兩公分；倒進三公升，就會有三公分。

這也是比例的問題，亞伯盡全力了。

而且我後來覺得水槽太大也不是什麼壞事。我的水槽就像窄管的量筒，倘若一次注入太多水，就會滿出來。

相較之下，亞伯的水槽可以慢慢地貯很多水，光是在旁邊看，心情就會變得很穩定，感覺就連我狹小的世界都變得開闊了。

繼水量之後，時不時休息一下，慢慢地開始練習秤重的問題，今天就結束了。正當我整理東西打算回家時，佐野同學與我換班似地上樓來。

聽到「噠噠噠」手舞足蹈的腳步聲，我的心情也跟著歡快起來。

「好熱！」

佐野同學邊說邊拉開紙門，瀏海被汗水濡濕，貼著前額。

「冷氣怎麼一點都不冷。」

佐野同學仰頭望向裝在牆上的舊型冷氣機。

「對呀，差不多快報廢了吧。即使調降溫度，溫度也降不下來。」

「拜託老闆換冷氣吧。」

「我覺得有難度。」

「再這樣下去，夏天會變成地獄喔。」

說是這麼說，但佐野同學的眼角帶著笑意。

佐野同學在亞伯身旁坐下，從布做的手提袋裡拿出考古題和筆記本。

「英文？」

「嗯。」

佐野同學立刻開始默默地做考古題。這陣子，她來的時候都在用功學習。

「在家完全無法專心，只有來這裡的時候才能有些進度。」

「這樣啊。」

「期末考考得慘兮兮。」

「有沒有……我可以幫忙的地方？」

我略顯遲疑地說，佐野同學搖搖頭。

「你教完亞伯功課了吧？」

「嗯，差不多了……」

「那就回去吧。」

佐野同學用手背在我面前甩了甩。

「你也要準備考試吧？你要去考非常難考的高中吧。」

「或許吧。」

「別說得好像與你無關似地。還有……」

佐野同學說到這裡，視線落在筆記本上，小聲地咕噥：

「該怎麼說呢……謝啦。」

我還以為自己聽錯了，這句聽起來很沒好氣的話居然令我臉紅心跳。

「不客氣……」

「別看我這樣，我還是很感謝你的。」

「不客氣……」

「不客氣……你只會說這句話嗎！」

佐野同學噗哧一笑，我也笑了。

趴在榻榻米上看漫畫的亞伯也挺起上半身，笑得露出一口白牙。

「改天見！」

佐野同學向我揮揮手。

「我先走了。」

我站起來，拿起學校的書包。

下樓，發現今天的客人還不少，老闆忙得不可開交。

儘管如此，看到我還是咧嘴一笑，那是「辛苦了」的笑容。

為了不打擾到客人，我只微微頷首，推開店門。

牛鈴發出介於叮叮噹噹與匡啷匡啷之間的聲響。時間已經過了六點半。

西方的天空逐漸染成橘紅色，夜色開始籠罩大地。梅雨初歇的空氣還濕答答的，但我的心卻吹著乾爽輕柔、令人心曠神怡的風。

謝啦

佐野同學這麼對我說。那個嘴巴狠毒的佐野同學居然這麼說。

內心湧起一股暖流，我仰望夕陽西下的天空。

正當我加快腳步，走在逐漸變暗的街道上。

「好險！」

差點撞上從咖啡館斜對面的便利商店裡走出來的人，那人喊了一聲，我趕緊讓開。

男人手裡拿著裝了咖啡的紙杯，我認得那張臉。

高高吊起的三白眼，陰鬱的表情。

「啊！」

心臟漏跳了一拍，不祥的預感狠狠撞擊我的肋骨。

是那個上次在超市找亞伯麻煩的男人。

揪住亞伯的衣領恐嚇他，害他陷入狂亂狀態的那個男人。

「走路給我看路！」

破口大罵的男人看到我的臉，似乎也想起來了。

「你是那個時候的……國中生？」

男人微微勾起嘴角，盯著我的臉看。他那種陰魂不散的口吻令我悚然一驚。

「沒想到會在這種地方又遇見你。」

男人不懷好意地看了看「容身處咖啡館」。

「你剛才從那家店走出來。你是那家店的小孩嗎？」

我不置可否地低頭不語。最好什麼都別告訴他。

「國中生不會一個人去咖啡館吧。你不是那家店的兒子，就是認識店裡的人。」

我一聲不吭地迴避他的視線，想從他身邊經過時，男人擋在前面，不讓我過。

「……借過。」

「借我點錢。」

我往後退了一步，提高戒心。

假如我是刺猬，我想這時全身的刺都已經豎起來了。

「哈哈哈！開玩笑的啦，開玩笑。」

男人笑起來的感覺有點自暴自棄。

「上次是喝醉了才會找你們麻煩，其實我還意外地有常識喔，不是那麼可怕的人，別害怕。」

我瞪了三白眼的男人一眼。這傢伙哪裡有常識了，誰能不害怕啊。

他抓住亞伯的領子，罵他的那句話我可沒忘記。

「你看人的眼神真不友善。」

男人露出意外的表情看著我。

「那次是因為找工作沒有通過面試，一時心浮氣躁。人難免會有這種時候嘛。」

心浮氣躁就能出口傷人嗎。

「國中生大概不明白吧，人生有很多一言難盡的情況。」

沒錯，人生有很多一言難盡的情況。亞伯、佐野、還有我都處於一言難盡的狀態，不是只有你在受苦。

「可是不是我說，這家店還真俗氣啊。」

男人用下巴指了指「容身處咖啡館」，試圖挑釁一言不發的我。

「如果你是這家店的兒子，想必也很一言難盡吧。更時髦、更稱頭的咖啡館要多少有多少，光是『容身處』的命名就很沒品味。」

這傢伙還沒放下前些日子在超市裡發生的事，所以才會對我說出這種跟小學生一樣幼稚的蠢話。

別被他挑釁，隨便敷衍一下，走為上策。

但我卻上勾了，我唯獨不能忍受有人說這個地方的壞話。

「比你好多了。」

回過神來，話已經說出口了。

「你說什麼？」

「沒品味又怎樣，再沒品味也比你好一千倍。你知道自己看起來有多窩囊嗎？我絕對不要變成你這種大人，我瞧不起你。」

男人默不作聲。臉色一陣青、一陣白，雙眼充滿恨意地瞪著我。

「你這小子！」

男人擠出低沉的嗓音，無以為繼。

或許我不小心戳到男人最痛的地方。

「你這小子！」

男人的嘴唇不住顫抖，用力地將手中的紙杯扔向腳邊的地面，咖啡四散飛濺，男人氣得跺腳。

「……連你也瞧不起我！連你也瞧不起我！連你也瞧不起我……」

男人的表情快哭了。

我不等他說完，從他身邊走過，拔腿就跑，逃進大馬路上的人潮裡。回頭看，男人沒有追上來。全力奔跑和恐懼令我氣喘如牛，雙手撐著大腿，上氣不接下氣地調整呼吸。

然而，此時此刻的我全身都籠罩在某種成就感裡。我終於向上次用言語傷害亞伯的人還以顏色了。

今天終於說出口了。終於把那男人丟來的球狠狠地砸回他臉上。

或許我只是沉醉在為亞伯報仇、化身正義之師的莫名亢奮裡。

至於這麼做會有什麼後果，我到了第二天早上才知道。

我一如往常地跳上電車，在學校那一站下車，走向學校的途中。

發現國道旁停了幾輛消防車。

「聽說巷子裡的咖啡館失火了。」

「哦，你是說那家充滿昭和風味的咖啡館嗎？」

耳邊傳來行人的竊竊私語。

靠近心臟的肋骨被狠狠踹了一腳，不祥的預感令我全身發冷。

不可能。不可能吧。

感覺一把熾烈的野火在身體內側熊熊燃燒，腦海燒成一片赤紅，感覺自己就快被不安與恐懼燒成焦炭。

「啊，同學，還不能進去！」

我對消防員的制止充耳不聞，拉開封鎖線，鑽了進去。

店裡沒事吧？「容身處咖啡館」沒事吧？

看到火災現場，我差點癱坐在地上。

還以為全部燒光了，幸好建築物還在。看樣子是火滅得及時，但外側的牆壁變得一片漆黑，木門燒得面目全非，放在角落的垃圾桶、盆栽裡的植物也都燒成灰燼。

老闆穿著運動服，站在外面，正與警官交談。

「老闆！」

我氣喘吁吁地跑向他，「你來啦！」老闆向我舉手示意。看到他平安無事，我這才鬆了一口氣，老闆隨即又一臉凝重地跟警官說話。

佐野同學也站在他身後。

佐野同學穿著制服，嘴巴緊緊地抿成一條線，眼神凌厲地盯著燒毀的門——掛著牛鈴的地方——看。

「佐野同學！」

她回頭看我，臉部肌肉始終僵硬如木偶。

「聽說是有人縱火……」

我愣住了。

「好像是天快亮的時候，有人潑灑燈油縱火。」

大腦回路在頭蓋骨底下纏成一團亂麻，令我噁心想吐。

難不成是那個男人？

我想起那張被我氣得一陣青、一陣白，嘴唇不住顫抖的臉。那傢伙以為我是這家咖啡館的兒子，又或者認識這家咖啡館的人。如果他為了報復，對這家咖啡館放火？

耳邊傳來警官問老闆的問題：

「你真的毫無頭緒嗎？像是最近有沒有跟誰結怨之類的。」

「真的沒有，我真的不曉得為什麼會變成這樣。」

我腳步虛浮地走到抱頭吶喊的老闆身邊。

「我知道是誰……」

「什麼？」

老闆和警官同時轉過頭來。

「可能是我害的。可能是我連累了大家。那個男人……」

「你說什麼？這到底是怎麼一回事？」

我陷入呼吸困難、地面逐漸陷落的感覺。

警官伸出手來撐住我搖搖欲墜的身體。

我向警察說明昨天發生的事，佐野同學也轉述在超市發生的恩怨情仇。警察立刻前往那家超級市場，蒐集了許多關於那個男人的長相及特徵等方面的資訊。所以很快就抓到嫌犯了，果然是那個人。

據說縱火犯一定會重回犯案現場。果不其然，當天傍晚，他假裝剛好路過，經過現場時被警察攔下來盤問，三兩下就束手就擒。

「聽說他因為人際關係處理不好，換了好幾份工作。」

負責偵辦本案的刑警苦著一張臉向我們報告。

「他一直哭著說自己受到不公平的對待，這個世界對他不好。真受不了……」

縱火是為了報復社會嗎？還是恨自己淪落到不屬於自己的地方？

刑警說他絕口不提縱火的動機，但肯定是我挑起他的負面情緒，導致他犯下滔天大錯。

不只「容身處咖啡館」的外面，內部也因為消防車灑水灌救而變成一片汪洋，泡在水裡的冰箱及微波爐都壞了，壁紙和地板也都泡水變形，窗戶的玻璃破了，老闆珍而重之擺在相框裡，以前的照片也都變得皺巴巴。

亞伯聽到火災的消息趕來，有氣無力地蹲在地上，佐野同學一腳踢開壞掉的冰箱。

「怎麼會變成這樣！」

更慘的是左鄰右舍還來抱怨：「我們家也被灌救的水弄濕了，都是你害的。」老闆只能一臉疲憊地拚命道歉。

抓到犯人後，還得協助問案。因為提供證詞的我還是國中生，爸媽也被請到警察局。

灰白色的房間裡，爸爸坐在折疊椅上大發雷霆：「不可能！一定是哪裡搞錯了！」得知我沒去圖書館，而是跑去他不知道的咖啡館二樓鬼混時，終於安靜了下來。我凝視爸爸臉上瞬息萬變地閃過「困惑」及「恥辱」及「恐懼」的表情，彷彿這一切都與我無關。

「我那麼相信你……。我一直告訴自己一定要相信你……」

回到家，媽媽趴在桌上，放聲大哭。

「我們家的孫子怎麼會變成這樣……。妳到底在搞什麼！」

奶奶將媽媽罵得狗血淋頭，最後還因為血壓上升，臥床休息。

穗波看我的眼神活像看到什麼恐怖的東西。爸爸已經放棄對我生氣或說教了，不僅如此，還神色倉皇地迴避我的目光，一口氣變成悶葫蘆。

家人似乎不曉得該怎麼面對被蒼洋中學退貨，撒謊跑去莫名其妙的咖啡館（我沒告訴任何人我是受到佐野同學的威脅），甚至捲入縱火案的我。

沒多久，學校開始放暑假，我也不去補習，整天關在房裡。電腦和手機都被沒收，根本沒事做，只能望著窗外發呆。

接下來該怎麼辦。

夏日的天空蔚藍又遼闊，樹木枝繁葉茂、綠意盎然，我任由風吹拂我的身體。

從某個角度來說，我自由了。雖然結果是我辜負了家人的期望。我親手打碎了父母眼中「兒子應該是這樣」的形象。

家人大概不會再對我抱有任何期待了。是不是不讀書也無所謂了？我已經不明白自己為什麼要讀書了。

我望著玻璃窗外，剎那間充滿解放的快感。

我終於擺脫束縛了。從今以後，我可以過自己想要的生活。

自由、自由、自由、自由！

明明是如此充滿魅力的字眼，為什麼我的身心都像洩了氣的皮球。就像還在蒼洋中學的時候，自由二字冷若冰霜地看著我，以充滿挑釁的眼神。

你要怎麼選？你要去哪裡？

我還是當時的樣子，毫無長進。不知道自己接下來想做什麼，也不知道自己想去哪裡。

不，我只有一個明確想去的地方。

那就是遭縱火前的「容身處咖啡館」。

但這已是無法實現的夢想。

我確實是大少爺。我對人性的黑暗面一無所知。也不知道那股有如熔岩般，在無底深淵尋找出口的惡意將以犯罪的形式噴發。

老闆對我那麼好，我卻給他添了這麼大的麻煩。真不曉得該怎麼賠罪才好。我也沒臉見佐野同學和亞伯。是我害他們視若珍寶的容身處搞得亂七八糟。

自我嫌棄與自責的念頭有如岩石般重重地壓在我背上，壓彎我的腰。

內心彷彿按下了停止鍵，無法動彈。

真希望自己乾脆就這樣融解在空氣裡，消失不見。

13 不安

佐野樹希

「容身處咖啡館」不得不暫時停業。

必須重新粉刷焦黑的牆壁、修理燒壞的門窗、重鋪壁紙和地板、換掉損壞的電氣產品才行。

「火險會理賠，所以錢的方面不用擔心。」

老闆喃喃自語。滿臉鬍渣，臉頰憔悴地凹進去。頭髮似乎更少了，感覺就連存在感都變低了。

「可是申請理賠的手續實在太麻煩了！修繕業者也說他們最近很缺人手，沒辦法馬上來修理，大概要拖到秋天吧。」

看到我和亞伯垂頭喪氣地坐在還濕濕的椅子上，老闆勉為其難地打起精神說：

「不過啊，幸好損害的程度不算太嚴重，休息兩、三個月就好了。但是待在這裡也沒事做，所以我會暫時回鄉下老家，等店面恢復原狀再回來。你們要答應我，在我回來之前，晚上不要在街上到處亂晃，又被抓去輔導喔。」

亞伯順從地點頭答應，我坐在他旁邊，死都不肯點頭。

「怎麼了，樹希。妳聽話。忍到修繕結束就好了。」

「……我不是那個意思。我是在想，我們要依賴這裡到什麼時候。」

我輪流凝望老闆和亞伯的臉。

「這個嘛……你們可以待到不再需要這裡為止。」

「所以那是什麼時候？」

我只是隨口問問，可是語氣聽起來卻像是故意找碴。

「……我們給你添了太多麻煩。每天賴在這裡白吃白喝不說，如果不是因為我們在這裡，老闆也不會惹上這種麻煩。這次剛好是山之內遇到那傢伙，忍不住反唇相譏，換成是我遇到他，我也會回嘴。那傢伙在超市欺負亞伯，我忍他很久了，所以肯定會比山之內說得更難聽。」

「這並不是你們的錯，是犯人不好……」

「就算是這樣，我也不想再給你添麻煩了。」

我一直依賴著這個人的善良。白吃白喝，占領二樓擅自使用，還要他聽我吐苦水……。

就是因為和我們扯上關係，他的店才會變得破破爛爛又濕答答。看到破掉的窗戶上貼的紙箱，我感覺心痛到喘不過氣來。

「小鬼別學大人說什麼添不添麻煩的，小鬼就是要給大人添麻煩才會成長。」

「別耍帥了！你自己也沒錢。這家店多久不能做生意，你就多久沒有收入，就連我也知道這是多大的打擊。」

老闆啞巴吃黃連似地無言以對。

亞伯低著頭，淚水滴滴答答地摔碎在桌上。

「不准哭！」

我大吼一聲站起來，掀起用來代替門的藍色塑膠布，衝出去。想也知道已經聽不見牛鈴的脆響了。我在艷陽高照的烈日下狂奔，感覺腦子裡的火愈燒愈旺。老闆沒有追上來。

我明明要亞伯不准哭，眼淚卻不斷奪眶而出，模糊我的視線。我跑了一段路，停下腳步，眨了眨眼睛，用手粗魯地抹去沾在睫毛上的水滴。

十字路口前方有一座古老的電話亭。我從側背包掏出錢包和紙條，走進去。往公共電話裡投入十圓硬幣，按下寫在紙上的電話號碼。是山之內以前告訴我，他的手機號碼。

然而這次也不例外，打了再多次都只能聽到相同的語音：

「這個號碼現在暫停使用……」

他的手機解約了嗎？該不會因為罪惡感而做出什麼傻事吧。我想起春天時，他從天橋上探出身子的模樣，不禁從頭頂一路涼到腳底。

我踢開電話亭的門，走出電話亭。

「我該何去何從……」

不知該往哪去，也不知接下來該如何是好。

因為有那個「容身處」，我才能呼吸。前些日子才能產生想要擁抱微弱希望的念頭。

明明在家裡也能念書，還能同時照顧媽媽和奈津希，可是我卻提不起勁來。那棟陰沉又破舊的公寓裡沒有我的房間，也沒有我的容身之處。

而且媽媽最近的樣子比以前更奇怪了。

學校針對高中入學考，舉行了三方面談，我心想媽媽反正也不會去，但還是讓她看了面談用的文件。我在「將來的目標」欄位裡寫下「護士」二字。

「妳願意為了媽媽去當護士啊！」

媽媽看著文件說，憔悴的臉上閃過些許光彩。

「樹希，妳真是為媽媽著想的貼心女兒。樹希如果當上護士，媽媽從此以後不知道有多放心……」

為了妳？為媽媽著想？

媽媽指望我變成她的專屬護士嗎？

我火大地就要抽回文件時，媽媽突然露出不安的表情。

「可是升學的錢要從哪裡來……」

「我會想辦法。前段時間，有人幫我查過，上高中可以去打工，學費的部分也能申請獎學金。」

「……真的有辦法嗎……」

媽媽更不安了，然後開始自責地用拳頭敲打太陽穴。

「抱歉啊，媽媽對不起妳。」

媽媽說著說著，情緒愈來愈激動。

「都怪我這副德性……。未來可能還會拖樹希的後腿……。不是可能會，是一定！一定會拖妳的後腿……。討厭啦，怎麼辦……怎麼辦？」

然後又開始說她「喘不過氣來」「心臟跳得好快」，一口氣吞下床頭的常備藥，所以我哪裡也去不了，只能留在家裡守著媽媽。

第二天傍晚。

媽媽突然向剛好來我們家探視的社工下跪。

「求求你了！千萬不要停掉我們的生活保護。雖然我是這麼無可救藥的人，還是請你同情一下！」

「佐、佐野太太，妳怎麼了？沒有人說要停掉妳們家的生活保護啊。」

「我知道自己是社會的寄生蟲。我知道自己不工作靠國家養，不管身為人類還是母親都不及格。每個月跟國家領救濟金，我真的覺得很過意不去，也覺得很痛苦。我愈來愈討厭自己。有我這種母親，這兩個孩子肯定也得不到幸福……。我該怎麼辦才好？我到底該怎麼辦才好？」

社工拚命安撫哭得涕泗橫流，開始用頭撞牆的媽媽，送她去醫院。看著媽媽打完針，總算安靜下來睡著了，內心湧起萬般無奈的無力感，同時也對媽媽寄予無限的同情。

只因為不能工作，就必須這麼卑微嗎？就必須這麼自責嗎？

同時也有一股揮之不去的不祥預感，彷彿頭上有一大群烏鴉正在齊聲啼叫。

媽媽的病一定會好。遲早有一天，媽媽可以稍微做點簡單的工作。

我一直如此催眠自己，盡量不去看那些令我不安的要素。

可是這兩年來，媽媽的病一點好轉的跡象也沒有。不僅沒有好轉，反而愈來愈嚴重。

萬一媽媽變得比現在更嚴重怎麼辦？

我還有辦法讀書嗎？升學什麼的，根本是癡人說夢。

其實我好想尖叫，幸好還有那個「容身處」，所以我一直催眠自己——船到橋頭自然直、船到橋頭自然直。

那裡卻被人放火燒掉了。

我真的受不了了，全世界都跟我作對。

我的人生肯定百分之百都是由不幸構成的，未來肯定也無法逃脫不幸的魔掌，只能被家人五花大綁地活下去……。

漫無目的地走著走著，回過神來已經走到公園了。混跡「容身處咖啡館」前，我經常和亞伯來這座公園消磨時間。爸爸還活著的時候，我們也經常來這裡玩。

溜滑梯、翹翹板、攀爬架。

我爬上掉漆的攀爬架，坐在最高的地方。小時候，我很喜歡從這裡跳下去。大家都很佩服我敢若無其事地往下跳，說我很神勇。

如今看來，高度原來這麼矮，一點也不神勇嘛。

我覺得好空虛，低頭看著地面。不管是以前還是現在，我只是平凡無奇的小女生。根本沒什麼了不起的能力，就連微弱的希望之火也快要熄滅了……。

就在這個時候。

有人從公園的入口處跑來，是亞伯。

亞伯上氣不接下氣地東張西望。

「亞伯！」

他轉向我出聲的方向，露出「找到妳了！」的表情。我從攀爬架上往下跳。

「什麼事？」

亞伯跑向我，卸下背上的背包。他的背包莫名鼓脹。亞伯打開背包要我看。裡頭有好多書。是發生縱火案不久前，山之內從圖書館借來，放在「容身處咖啡館」的書。亞伯從那堆書裡翻出厚得跟字典沒兩樣的書。

《生活保護手冊》

亞伯用咖啡色的手指敲打封面。幸好沒有被水淋濕，還完好如初。

這是

亞伯動了動嘴巴，無聲地說。

老師的書

「……你是說應該要還給山之內嗎？但這是圖書館的書，而且我也聯絡不上山之內。」

亞伯露出全世界最悲慘的表情，猝不及防地將書塞進我的懷裡。

「怎、怎樣啦？你這是什麼意思？」

我一頭霧水地接過。

亞伯浮現出燦爛的笑容猛點頭。又拿起一本書，翻到貼著便利貼的那一頁，秀給我看。

「關於升學時的戶口變更」

當這行字映入眼簾，我猛然想起亞伯那天寫在筆記本的字。

我覺得樹希一定能成為護士。雖然有點凶，但是很可靠

亞伯……。不行了，我已經不行了。

我其實什麼也做不了。我有那種媽媽，還有奈津希，家裡又窮，「容身處」也消失了，我已經走投無路了。

亞伯彷彿聽見我的心聲，左右搖頭，又指了一次《生活保護手冊》。

老師說

與此同時，山之內的聲音迴盪在我耳邊。

「人類雖然渺小、軟弱、又自私……但也不是無可救藥。」

啊，對了。那傢伙那天留下這些書的時候確實這麼說過。

事到如今，我只覺得這只是場面話，人類沒有一個好東西。

我們的生活明明已經過得慘兮兮了，居然還有人要羨慕、攻擊我們。

有人會傷害自己的孩子，有人會放火燒別人的家。

我滿心怨忿，粗魯地翻開《生活保護手冊》，裡頭塞滿了密密麻麻的鉛字，看了半天也看不懂。上次就連山之內也說他看不懂。

而且頁數實在太多了，這麼厚的書到底是誰編的。羅列了一大堆法律及制度，看得懂才有鬼。

還得搞一堆麻煩的例外或實務上的技巧才能鑽漏洞，是沒有知識就無法運用的制度。搞不清楚究竟對窮人有利還是不利的制度。

可是，當我與那些密密麻麻的鉛字大眼瞪小眼時，突然想到一件事。

從十一歲到今天，我能有飯吃都是托了這個制度的福。要是沒有這個制度，奈津希可能無法平安地生下來，我和媽媽可能早就一起死在路邊了。

耳邊又響起山之內那天說的話。

「制度這種東西，其實是在欺負不懂的人。」

感覺內心深處燃起一股熊熊烈焰，不是耶誕節的蠟燭那種聖潔的火光。硬要說的話，比較像是火災現場的餘燼裡，臭氣沖天的火苗。

我才不甘心平白受到欺負──。

我還不是老太婆，我只是個國三女生，未來還要活上好幾年、甚至好幾十年。難道我未來的歲月都只能受盡欺負嗎？

曬在房間裡的衣服長出的黴菌。

媽媽的家居服上起的毛球。

奈津希每次抓癢時，皮膚掉落的白粉。

難道我只能與這些東西合為一體，沒有半點指望地活下去嗎？

我咬緊下唇，眼前浮現艾瑪的身影。山之內說過，這些書是艾瑪的舅舅介紹給他看的。

我用力闔上《生活保護手冊》，塞回亞伯懷裡。

「你幫我去圖書館還書。因為我看了也不懂。」

我朝惴惴不安的亞伯回以一個堅定的眼神。

「不懂的話問就好了。我再也不要受欺負了！」

亞伯的臉色頓時大放光明，露出一口白牙，眼角笑成一彎新月。

14 掙脫

佐野樹希

我和艾瑪的舅舅面對面坐在購物商城的咖啡廳裡。

艾瑪的舅舅穿著樸素的灰色短袖襯衫，背著陳舊且被磨得傷痕累累的肩背包，可是五官很立體，長得很帥。

「果然是艾瑪會喜歡的店。」

舅舅把店裡看了一圈，彷彿看到什麼耀眼的東西。

艾瑪介紹我們來的這家咖啡廳充滿可愛的元素，粉紅色與白色條紋的牆壁、粉紅色的椅子，還裝飾著外國的圖畫書和洋娃娃。

可是艾瑪把我們推進店裡之後就一個人跑掉了。

「艾瑪要去看衣服，你們慢慢聊。」

那傢伙，又在顧慮我了。

小學的時候，我從未在意過彼此經濟上的差距。即使接受生活保護，也毫無芥蒂地跟她玩在一起。可是隨著年紀漸長，我深刻地感受到我們家與正常的艾瑪家不同，從生活到其他的一切都大相逕庭的事實。

所以我實在拉不下臉來找她幫忙。

當我反覆地拿起話筒又放下，猶豫再三終於打電話給她時，艾瑪說：

「……妳願意找艾瑪幫忙了……。妳終於願意找艾瑪幫忙了……」

「不是找妳，是找妳舅舅幫忙。可以請妳安排我和妳舅舅見一面嗎？」

「所以妳現在不就找艾瑪幫忙嗎……」

話筒那頭傳來吸鼻子的聲音。

「我也知道自己幫不上妳什麼忙。雖然一直對妳說『要加油喔』『妳還有我』，可是這種安慰一點意義也沒有對吧？妳只會發脾氣，要我『不要說風涼話』對吧？」

「……我一定會生氣。」

「所以我不知道該怎麼幫妳，總覺得很著急，擔心不一樣的生活會破壞我們的友誼，擔心沒有共同的話題，擔心惹妳不開心，結果我們的距離就變得這麼遠了。可是前陣子，看到山之內同學拚命查生活保護的資料……。心想或許我也能幫上什麼忙。」

艾瑪的音量變小了。

「我也不清楚舅舅在大學教什麼。自從那次體操服事件以後，大家都對樹希敬而遠之，我卻也一點忙都幫不上。」

「很正常……我也不指望妳要大家對我好一點。」

「可是，這次我終於能幫上妳的忙了！」

艾瑪恢復平常喳喳呼呼的娃娃音。

「我會打電話給舅舅。我馬上打電話給他。可以把妳的電話號碼告訴他嗎？」

艾瑪遵守約定，幫我打電話給她舅舅，還幫我安排好今天在這裡見面。

這是我有生以來第一次和大學教授這種了不起的人約在這樣的咖啡廳談話，緊張得不得了，光是要在服務生送來的冰紅茶裡加入牛奶，手就抖個不停，不慎將牛奶灑了一桌子。

「沒事吧？」

「啊……不好意思。」

「我猜妳大概有很多焦慮，所以我先從結論說起。」

艾瑪的舅舅用紙巾擦掉灑出來的牛奶，言簡意賅地說。

「確實有方法能幫助妳和妳母親。」

「真的嗎？」

「以下是根據我在電話裡聽到府上的現狀……妳母親的病情如果繼續嚴重下去，光靠妳一個人，確實支撐不了整個家，也無法專心學業。」

「……沒錯。」

「妳可以試著申請居家照顧服務。」

「那是什麼？」

「居家照顧服務。可以請居家照顧服務員來家裡幫忙做家事。」

「你在說什麼？」

腦中一片混亂。

「你要我請幫佣嗎？我們家那麼窮，又不是有錢人，怎麼可能請得起幫佣？」

「別誤會，我不是要妳請幫佣。而是政府提供這樣的制度，協助生病或殘障等日常生活無法自理的人過日子。當然，必須先審核府上現在的狀況，確認是否需要協助。」

「有那種制度嗎……」

「而且居服員也不是妳想像的幫佣或下人，一週頂多來兩天，一天頂多兩個小時，跟令堂一起做家事，或是陪令堂出門。在居服員的協助下，令堂自己可以做的事將愈來愈多。居服員登門拜訪也有助於建立與社會的聯繫，對她的病應該也會帶來正面的影響。」

「這筆錢要從哪裡來？」

「府上是接受生活保護的家庭，所以不用錢。」

「要是申請這種服務，又要被說閒話了！」

我忍不住放聲大喊。

「說我不僅接受生活保護，居然還請了免費的居服員。」

「不然呢？妳想怎樣？」

艾瑪的舅舅極為冷靜地問我。

「妳還是國中生，還無法獨立生活。令堂的狀態顯然影響到妳和妳妹妹了，妳有辦法自己一個人全部扛下來嗎？」

「這、這個嘛……」

沒辦法。怎麼想都沒辦法。

可是一想到又要被指指點點，就覺得難以忍受。

這些人究竟想讓我站在接受援助的立場到什麼時候啊。

不接受別人的援助就無法活下去的媽媽。對這件事感到最痛苦的或許是媽媽本人也說不定，但我還是覺得無地自容，太窩囊了……。

「無論妳覺得再窩囊，需要幫助的時候就是需要幫助，只能接受。」

艾瑪的舅舅直指問題核心，我一時愣住。

「你怎麼知道我在想什麼。」

「因為我以前當過社工。」

艾瑪的舅舅望向遠方，似乎想起以前的事。

「我在地方區公所負責生活保護的業務，所以多多少少能體會妳的心情。可是無論妳再怎麼長吁短嘆、怨天怨地怨妳母親，人不會改變就是不會改變，只會無言以對地蹲在原地。唯有與其他人建立起正確的關係時，人才有可能改變。」

我不經意地想起最早來我們家的社工阿姨。和社工阿姨閒話家常時，媽媽的表情十分平靜。當時媽媽的身體也比現在好多了，還能照顧奈津希。

「需要幫助的時候如果不接受幫助，只會讓人陷入泥沼。有人因此藉酒澆愁、有人犯罪、有人結束自己的生命……。我看過太多那種人了。

太糗了所以不敢告訴艾瑪，其實我只當兩年社工就辭職了。我太想幫助那些人了，反而搞壞自己的身體。後來重回研究所念書，目前在大學教書。但是直到現在，我還是會想，為什麼不能在那些人陷入泥沼前先拯救他們。」

泥沼

沒錯。陷入泥沼是一件非常恐怖的事，我不希望自己的未來葬送在泥沼裡。正因為如此，我才來找這個人商量。我為什麼總在原地打轉呢！

「告訴我。」

我從丹田發出聲音。

「請告訴我這個制度的詳情，還有該怎麼申請。」

「沒問題。」

艾瑪的舅舅展顏微笑。

「妳儘管問，我會告訴妳我知道的一切。今天妳們家利用這個制度，遲早會回饋到整個社會。」

「回饋到整個社會？」

「沒錯，這不是很簡單的計算嗎。妳將來也繼續接受生活保護，和用功讀書、有朝一日對社會做出貢獻，哪邊對社會比較有幫助？

不是妳在接受施捨，而是社會在投資妳。」

我和艾瑪的舅舅在咖啡廳分開後，前往市公所。

迫不及待地想去幫媽媽申請那個制度。

「我自己去，因為這是我們家的事。」

我一口氣喝光剩下的冰紅茶，站了起來。艾瑪的舅舅露出錯愕的神情。

「我陪妳去吧。大學的課下午才開始。怕妳一個國中生搞不定。」

艾瑪的舅舅憂心忡忡地說，但我拒絕他的好意：「我可以。」

如今有點……不，是相當後悔。

我哪裡可以了。心臟都快要從嘴巴裡跳出來了。

走近一看，市公所的建築物巍峨高聳地矗立在我面前，儼然就是社會本身的象徵。

張開汗濕的手掌，剛才艾瑪的舅舅寫下來給我的幾張紙條都被汗水濡濕了。

字要是暈開就糟了，我趕緊放進側背包裡，掏出手帕，擦乾掌心的汗水。

再用擦乾的手從側背包裡拿出紙條，盯著上面的字。

利用申請　居家照顧　支援區分認定　認定審查會　調查員訪問調查　主治醫生意見書……。

都是國字，這是經文嗎？

為什麼所有的制度都要用這麼難的文字來寫，早知道就全部交給艾瑪的舅舅，我只要杵在旁邊就好了……。

可是，艾瑪的舅舅已經幫了我許多忙，我再這麼依賴下去，長久以來繃緊的弦可能會斷掉。

我其實一點也不堅強。是因為沒有人可以靠，才不得不故作堅強，獨自面對所有的問題。

請幫幫我，教我該怎麼做，我什麼也不懂。

要是出言示弱，把一切都推到別人頭上，我覺得所有的意志與力氣可能都會離我而去，從此變得意志消沉，這太可怕了。

我不想變得軟弱。山之內讓我看到希望的微光，就像從懸崖底下仰望的天空。正因為如此，我必須要堅強，才能爬上那座懸崖。

然而，一想到要單槍匹馬衝進市公所，還是覺得好害怕。

「只要讓接受生活保護的人全部穿上寫著生活保護的T恤不就好了？」

那句話至今仍深深地刺在我的胸口。感覺這句話的意思是說「你們不是正常人」、「你們不是完整的人」。每次想到這裡，我就覺得快要窒息。

市公所的人想必也會這麼說吧。

接受生活保護的小孩居然還敢來要求更多援助。真傷腦筋，真受不了！

我不禁停下腳步，雙腿變得好重，跨不出去。

這時，內心彷彿聽見剛才聽到的話。

「不是妳在接受施捨，而是社會在投資妳。」

投……資……投資……。

我不是很懂「投資」這個單字，大概是「將來能有所回報，所以現在先出錢」的意思。不是因為我可憐才同情我，而是期待未來的我能加倍奉還，所以先出錢資助我。Give & Take。正合我意。等我長大成人，一定會加上利息，兩倍、三倍奉還。

這麼一來……。

我與社會不就兩不相欠了嗎？

感覺背突然打直了，再也不用卑躬屈膝地看別人臉色。感覺就連免費的居服員也能堂堂正正地申請了。

我深呼吸一口氣，衝進市公所，冷氣頓時將我包圍，但臉頰彷彿有火在燒。爬樓梯走向以前來過一次的「生活支援課」。

好幾位職員正在處理民眾的問題，裡頭有一張我認識的臉，是那個鼻翼有顆痣的年輕男子。

負責我們家的社工正在櫃臺寫文件，前面沒有其他人。

「打擾一下！」

我跑過去，雙手撐在社工面前的櫃臺上。

「咦？啊……樹希同學？」

社工露出驚訝的表情。

「怎麼了？我正在幫別的民眾辦手續。」

慘了，要排隊嗎？可是如果就這麼乖乖退下去抽號碼牌，我覺得自己的勇氣可能會在等待叫號的過程中消失殆盡。

「對不起我插隊了，可是請給我一點時間！」

我回頭向眾人低頭道歉，又轉回來面向社工人員。

「請讓我媽媽！」

視線落在手中的紙條，宛如抓住救命稻草地說：

「申、申請居居、居家照顧……」

完蛋了，我口吃，講得亂七八糟。

「我想申請居家照顧的服務。」

破罐子破摔地大聲喊出來。社工一臉「妳在說什麼？」的表情。

看來他大概又要隨便敷衍一下，打發我走了。我不自覺紅了眼眶。

「如果你覺得我們家已經接受生活保護，還想請居家照顧員，臉皮簡直比城牆還厚的話，你儘管這麼想好了。可是我真的需要這項服務。請幫助我。如果你現在願意幫助我，我將來一定會加倍報答！」

我已經說不出話來了，把身上的紙條全部甩在櫃臺上。

社工啞口無言地拾起散亂的紙條，換上認真的眼神，注視紙條上的字。

「確實不是不可行……」自言自語地說。

「只要通過審查，確實能申請居家照顧服務。我明知令堂的情況正在惡化，卻因為工作太忙，沒空處理……」

咦？他把我的話聽進去了？

「目前還不確定令堂能不能申請這項服務，負責這項業務的單位也不是生活支援課，但我會空出時間來協助妳申請。總之請妳先抽號碼牌，重新排隊好嗎？」

即使到了晚上，家裡依舊熱得像蒸籠。

奈津希正堆著零食的空盒自己玩，我和社工坐在媽媽對面。

「因此樹希一個人跑來市公所找我……。因為她還是國中生，需要徵得母親本人的同意。」

媽媽雙眼無神地望向桌上的簡章及文件。

「這怎麼好意思……」

媽媽露出苦澀的表情，左右搖頭。

「每個月已經都請領生活費了……。怎麼好意思再請居服員來家裡幫忙……」

「當然還得先接受調查員的審查，必須由調查員認定這個人需要支援，才會派人來府上幫忙。」

「審查？認定？」

媽媽臉上浮現出驚慌的神色。

「我要接受審查嗎？要我把現在的狀態曝露在別人面前嗎？」

「不是這樣的，沒有到曝露那麼嚴重……。就跟妳向醫生說明症狀一樣。」

「好可怕……。好丟臉。」

媽媽用雙手蒙著臉。

「更何況，接受這樣的『認定』等於是在蓋章證明我『妳就是沒用的人』……」

「這不早就是事實了嗎？」

我忍不住對媽媽大吼大叫。

「妳本來就是沒用的人！」

「樹、樹希，這話說得太重了……」

「我沒有怪妳生病。但妳沒用的點不就在於明明那麼痛苦，還死要面子嗎！不就在於明明不知如何是好，卻還不肯接受幫助嗎！」

媽媽僵住了，連眼睛也忘了眨。

「我不求妳振作一點，也不求妳出去工作，但妳至少給我認清自己的狀況吧。丟臉也好，怎麼樣都好，妳現在只能接受幫助。」

說著說著，意識到我也是繞了好大一圈才認清這個事實。多虧山之內和艾瑪的舅舅，我總算認清自己的狀況。或許我對生病的媽媽說了很過分的話，但有些話不說不行。

「聽好了，我和奈津希還無法獨自生活，所以父母如果不幸，我們就會跟著一起不幸。妳懂嗎？前陣子妳自己也說過吧？」

媽媽泫然欲泣地看著我，轉身望向惶惶不安地打量我們的奈津希，肩膀微微顫抖。

「所以妳不好起來的話，我們真的很困擾。從今以後，我們一家人必須重新站穩腳步，一起脫離這個泥沼才行。在那之前，請堅強地活下去吧！」

媽媽閉上雙眼，再次睜開眼睛時，雙手撐在社工面前的桌上。

「……拜託你了，請讓我接受審查，讓調查員判斷我現在的狀態。」

隔天。

我和奈津希還有亞伯一起走在黃昏的街道上。

「還沒到嗎？我累了。」

奈津希開始吵鬧。

「就快到了。我看看……方向應該沒錯吧。」

我又看了一次手裡的手繪地圖。

鄰鎮的郊區有一座用紅筆圈起來的寺廟。

「對了，樹希，妳去過『兒童食堂』嗎？」

昨天社工把媽媽寫好的文件收進公事包裡邊問我。

「是由一座名叫『三心寺』的寺廟經營的食堂，妳明天不妨去看看，可以吃到美味的晚餐喔。大人要三百圓，小朋友免費。」

他還把寺廟的地點畫成地圖給我。

免費吃晚餐？去那家「兒童食堂」可以每天吃到免費的晚餐？怎麼想都太不可能了。會不會去了才發現，那裡有面目猙獰的人，正等著鎖定免費晚餐的窮人自投羅網，準備把我們抓去賣掉……。

看來似乎不需要擔心。

亞伯背著奈津希，滿頭大汗走到寺廟前一看，是一座很健全的寺廟。寬敞的榻榻米房間裡擺放著和室桌和座墊，很多小孩正與貌似他們父母的人一起用餐。

禿頭大叔穿著僧侶穿的工作服——大概是這裡的住持——正在為眾人倒茶，穿著料理圍裙的婆婆媽媽和圍著服務生圍裙的年輕男女則忙著為大家打菜。我們捧著托盤排隊。

熱騰騰的白飯還冒著蒸氣。

燉煮入味的漢堡排和加了好幾種蔬菜的馬鈴薯沙拉。

鬆鬆軟軟的鵝黃色煎蛋。

醃漬茄子。

湯裡的料有麵線、秋葵和魚板。

甚至還準備了甜點，是灑上黃豆粉的蕨餅。

把裝滿食物的托盤端到和室桌上，雙手合十說：「我要開動了。」

好好吃！

每道菜的味道都好溫和，輕輕柔柔地進入到胃裡。亞伯三口就吃掉漢堡排，奈津希看到湯裡的秋葵，興高采烈地說：「是星星耶！」我撥到她的兒童碗裡，只見她一臉幸福地用叉子吃麵線。

「你們是第一次來吧。」

住持笑咪咪地跟我們說話，腔調裡夾雜著關西方言。

「每個月只有兩次機會，所以要吃飽再回去喔。」

「欸，每個月只有兩次嗎？」

我好失望。還以為每天都能吃到這麼美味的飯菜。

「抱歉吶。」

住持臉上滿是歉意。

「可以的話，我也想每天營業，可是寺廟有例行工作要忙，工作人員也都是義務性質來幫忙。」

我想也是。不曉得這些食材是從哪裡弄來的，但如果每天都讓人白吃白喝，勢必會破產。

「所以來的時候請多吃一點，有什麼話都可以說出來。這裡的工作人員都是愛講話的人，雖然講的都是一些沒營養的廢話。啊，你的體格真健壯啊！別客氣，再添一碗吧。」

住持哈哈大笑著說，拍拍亞伯的肩膀，走開了。

我們都吃得好飽，還吃了飯後甜點。我和亞伯、奈津希沒規矩地躺在榻榻米上，摸著肚子。

好舒服。

掛著畫軸的壁龕上插著花。位置太高看不清楚，所以不知道是什麼花，但是紫色的花很可愛。

我心花怒放地盯著看，背後有人在聊天。

「幸好今天飯煮得夠多，真是好險。」

「對呀。經過上次的教訓，這次記得多煮一點了。」

回頭看了一眼，兩個分別是中年和年輕的女性邊收拾餐具邊聊天。看樣子是這裡的義工。

「看大家都吃得津津有味，我們的努力就值得了。」

「可是妳下下禮拜要請假對吧？去上看護的實習課。」

「下下禮拜我還會來。實習從下個月的中旬以後開始。那段期間暫時來不了，可是結束以後我一定會再來幫忙。」

「立志當護士的人還真辛苦啊。明明那麼忙還來幫忙，真的非常感謝妳。」

立志當護士的人……。

大腦捕捉到這句話，我盯著穿著水藍色圍裙的大姊姊，幾乎要在她身上看出一個洞來。大姊姊的長髮在後腦勺紮成一束，個子嬌小，長得很漂亮。

視線對上，大姊姊有些疑惑地看過來。

「有什麼事嗎？」

「……沒什麼。」

我害羞地轉身回到奈津希和亞伯身邊。

「等一下，妳是第一次來的客人吧？」

大姊姊從背後叫住我，比一般女生稍微高一點的聲音溫暖了我的耳朵。

「飯菜還可以嗎？有沒有吃飽？」

「非常好吃，我吃得很飽。」

轉頭回答的那一刻，也不曉得吃錯了什麼藥，這句話自然而然地脫口而出：

「請問……妳將來想成為護士嗎？」

15 啟程

山之內和真

鈴鈴鈴鈴鈴，鈴鈴鈴鈴鈴。

客廳裡的家用電話從剛才就響個不停。

媽媽不接嗎？

我有如胎兒般蜷縮身體，躺在自己的床上，皺了皺眉頭。

然後才慢半拍地想起穗波今天要去芭蕾教室，媽媽大概是送她去上課，不在家。

鈴鈴鈴鈴鈴，鈴鈴鈴鈴鈴，鈴鈴鈴鈴鈴。

電話響了好一會兒，終於安靜下來。

看了眼時鐘，已經傍晚了。自從開始放暑假，我對今天星期幾、現在幾點的概念變得比平常更模糊，也失去了自己還在這裡呼吸的真實感。

此時此刻，如果有人拍下我的照片，或許我的身體會像靈異照片那樣，已經變成半透明。

隨著日子一天天過去，遲早會如泡沫消失在空氣裡，誰也看不見。還沒嗎？真希望那天快點到來。

我聞著自己滲進毛巾被裡的體味，又陷入空虛的情緒裡。自從因為那起縱火案失去「容身處」後，我的心靈再也無處安放。

儘管如此，我還是會吃媽媽放在房門口的食物。

稍微把門打開一條縫，確定門口沒有半個人，迅速地把托盤拉進房間裡，砰地一聲關上門，就像寄居蟹那樣。

然後邊想著「今天是咖哩飯啊」「今天是散壽司啊」，沒骨氣地吃下那些飯菜。明明想從世界上消失，為什麼還要補充養分？為什麼還要進行延續生命的行為？

這種矛盾的心情讓我更瞧不起自己，甚至整個夏天都讓我的腦子充滿「活著丟人現眼」的自嘲。也不剪頭髮，每當我搔著長得亂七八糟的蓬亂頭髮，都覺得自己已經變成深山裡的動物。

鈴鈴鈴鈴，鈴鈴鈴鈴。

客廳裡的電話再度響起。吵死人了。令我心煩意亂。

同時，腦中也閃過一絲不安。

該不是有人出了意外的緊急聯絡吧。

可能是媽媽和穗波出車禍，也可能是爸爸突然生重病昏倒。

前幾天在廁所前遇到爸爸時，爸爸依舊一臉不知所措的模樣，看起來比以前瘦了一點、老了一點。

世上發生什麼事都不奇怪，就像誰也無法預料「容身處咖啡館」會遭人縱火。

明明我已經四大皆空了，卻又忍不住擔心起來，擔心起在我眼中只剩下煩人可以形容的家人。

這麼矛盾的心情究竟從何而來？人類的心為何充滿如此難以解釋的情緒？

我慢條斯理地從床上坐起來，從自己的房間走向客廳。

鈴鈴鈴鈴鈴，鈴鈴鈴鈴鈴。

我對電話主機的螢幕裡顯示的手機號碼毫無印象，該不會真的是什麼不幸的通知吧。

「……喂。」

我把話筒貼在耳邊，什麼聲音也沒聽見。

「喂？……喂？」

我反問，話筒那頭靜悄悄。敢情是惡作劇的電話？

失去耐性，正想掛斷的時候，微微的風聲傳入耳際。

是人的呼吸聲嗎？

記憶中，這款「呼……呼……」的喘息聲令我莫名懷念。

「那個……是亞伯……嗎？」

呼吸聲更大了。

「是亞伯吧？」

對方又喘了一口氣。

背後傳來「喔咿——喔咿——」的救護車警笛聲。

問題是，那聲音也太響了。不只從電話裡傳來，感覺像是從離我很近的地方傳來。

我拿著無線子機，打開客廳的落地玻璃窗，衝到陽臺上。

救護車的警笛聲從大馬路的方向一清二楚地傳來，漸行漸遠，同時也從話筒裡消失了。

只剩下「呼……呼……」的喘息聲還縈繞在耳邊。

從四樓陽臺往下看，可以看到剪得很漂亮的花壇和草木，以及前面的步道。高頭大馬的少年站在步道上，手裡握著手機，抬頭往這裡看。

「……亞伯！」

亞伯認出我，笑得露出一口白牙，滿臉笑意地朝我揮手。

「亞伯……你怎麼會在這裡？」

這時，突然有人從構成死角的盆栽後面衝出來，是個身穿白T恤搭牛仔褲的短髮女生。

「喂！」

樓下響起嘹亮通透的女低音。女生仰頭看著我，一把搶過亞伯的手機。

佐野同學？

我下意識地就想逃回房間裡。

「不准逃避！」

尖叫聲從手中的話筒傳來，幾乎刺穿我的耳膜。

「不准逃避，山之內！你打算拋棄亞伯嗎？他為了來找你，努力找到你家的地址喔。你不是亞伯的老師嗎！」

這句話讓我瞬間全身僵硬。在「容身處咖啡館」教亞伯功課的回憶歷歷在目地浮現眼前。

除法、分數、圖形的面積、水槽裡依比例增加的水……。

「咖啡館總算開始整修了，秋天就能重新開幕。老闆很擔心你，要我轉告你，這一切都不是你的錯！」

佐野同學的聲音聽起來好有份量，滿含著溢於言表的慰問。我無法將話筒從耳邊移開。

感覺就像有一條細細的繩索，將就快融解在空氣裡的我勾留在這個世界上。

「亞伯和我又開始去『青空』了。」

「『青空』……」

我不禁複誦這個名稱。

「沒錯，是市公所開設的免費補習班。我去過一陣子就沒去了。因為我覺得那是對窮人的施捨，也不想再聽到有人說我狡猾。可是你說這才不奸詐，是我的權利！」

我默默無語地聽佐野同學說。沒錯，「容身處」失火前，我確實對她說過這樣的話。

感覺已經是好久好久以前的事了。

「而且你還說制度這種東西，其實是在欺負不懂的人。其實我已經快要沒有力氣撐下去了，但我就是不想忍氣吞聲地任人欺負。不瞞你說，我媽的狀況愈來愈差，再這樣下去，根本沒辦法專心讀書。」

有這種事？我嚇了一跳，將話筒貼緊耳朵。

「所以我不顧一切去找艾瑪舅舅商量。他告訴我，有種派遣居服員去生病或殘障的人家裡幫忙的制度。我已經去市公所提出申請了，但是接下來才要接受審查，所以還不確定能不能申請成功。」

我鬆了一口氣。如果是城田同學的舅舅，肯定比我更靠得住。他是社會學的老師，應該很熟悉這些制度。

制度……。我模模糊糊地想起以前看過的《生活保護手冊》。

原來那個制度不僅能幫助受貧困所苦的人，也是支援病人及殘障者的制度。

「……喂，你在聽嗎？山之內。」

佐野同學的呼喚拉回我分散的注意力。

「我也去了之前負責我們家的社工告訴我的『兒童食堂』。有座叫『三心寺』的寺廟提供免費的晚餐給我們這種小孩吃。住持說的一口關西腔，還有許多義工。我在那裡認識在大學念護理系的人。」

她的聲音在我耳邊嗡嗡作響，比以前更充滿生命力。

我揚起眉毛，彷彿可以看見她四處奔走的身影。

「那個人的家境不好，生活也過得很苦，所以知道很多不用花錢就能學習的方法，例如如何邊打工邊考取護理師的證照，進而成為護士。例如只要保證將來會繼續留下來工作，有些醫院願意幫忙付學費。她查了很多資料，目前靠獎學金和打工念大學。」

佐野同學說的話就像涓滴細流注入我空空如也的心，讓我心裡的水位逐漸上升，就像我教亞伯比例的問題時那樣。

水慢慢地滋潤我有如荒漠的心靈。

「……太好了……」

這句話與嘆息一起脫口而出。

「能蒐集到這麼多資訊，真是太好了。」

「接下來才要開始。」

有所覺悟的語氣讓我頓時屏住呼吸。才一陣子不見，感覺佐野同學比以前更成熟了。

「我決定了，要利用所有能利用的工具往前走。雖然目前還沒有任何變化，我們家還在接受生活保護，媽媽還是什麼事也做不了，奈津希也還需要人照顧，一切都得從零開始。

但是，一定要踏出第一步。我會做給你們看。因為我很堅強！」

彷彿把手放在胸口，有一半是說給自己聽的語氣。

「山之內，你過去都做了些什麼？」

佐野同學用比平常更炯炯有神的視線看著我，幾乎要把我看出一個洞來。

我……？我嗎……？

我什麼也沒做，只是停止思考，只是在逃避現實。我被人類的惡意擊潰了，也被自責的念頭擊潰了，把自己隔絕起來，拒絕與外界接觸。

在我與世隔絕的同時，佐野同學去了很多地方，認識了新的人，努力地試圖改變現狀。

「你教會我和亞伯很多東西，還研究了複雜的制度，以簡單明瞭的方式解釋給我聽。就連困難的法律術語，你也能滔滔不絕地背出來。還記得我說過什麼嗎？這個世界上還是必須要有你這種人才行！」

那一瞬間。

我清清楚楚地想起當時記住的法律條文。

生活保護法　第一章　第二條

「全體國民只要符合本法律制定的條件，就能平等、無差別地受到本法律提供的保護」。

啊，當時我覺得這段文章好美。

世上充滿了許許多多的不合理。

弱者恆弱，強者恆強，彼此都無意理解對方的世界。

可是……。

與此同時，亞伯從背包拿出某樣東西，雙手高高舉起。

我睜大雙眼凝望，那是他學習的筆記本。

亞伯在榻榻米房間的矮桌上寫下比螞蟻還小的字和我畫的一堆大紅花。

眼眶好熱，兩行熱淚順著臉頰滑落。

我是否幫上你們一點忙了？就算只有一點點也好。

人學習是為了什麼呢？我一直找不到這個問題的答案。可是看到亞伯滿心喜悅、滿臉驕傲地舉起筆記本，我明白了一件事。那就是我喜歡學習。我從小就喜歡學習。

「容身處咖啡館」失火後，我感覺自己也燒成灰燼了。可是在我心裡，這種情緒並沒有燒光。

我想了解

想了解總是暗潮洶湧、瞬息萬變的社會。

想了解美則美矣，卻又有些美中不足的法律及制度。

我一直遵照父親的吩咐用功學習，為了考高分，一直在狹小的答案欄裡寫下至今學到的東西，這項作業令我疲於奔命。

可是，如果我的知識和思考能運用在更大的地方呢？

運用在活在當下的人身上。

運用在掙扎著、迷惘著，仍努力活在當下的人身上。

「佐野同學，亞伯。」

「什麼事？」

「我有一個想法……」

「什麼想法？」

「妳待在那裡，我下去再說。」

我掛斷電話，從陽臺走向玄關。

推開門，風吹進來。已經傍晚了，夏天的風依然燠熱。

去尋找真正屬於你的容身處吧。

風彷彿這麼說，吹拂過我長得有如鳥窩般的頭髮。

主要參考文獻

《生活保護手帳 2016年度版》(中央法規出版)
《生活保護手帳 2017年度版》(中央法規出版)
《對精神障礙者及其家人有幫助的社會資源手冊》(特定非營利活動法人全國精神保健福祉社會連合會)
《健康而有文化的最低限度生活1~6》(柏木晴子、小學館)
《生活保護的真實》(三輪佳子、日本評論社)
《從生活保護發想》(稻葉剛、岩波書店)
《生活保護vs兒童貧困》(大山典宏、PHP研究所)

這本書是基於二〇一八年十月當時的制度撰寫而成。

國家圖書館出版品預行編目資料

對岸／安田夏菜著,緋華璃譯.——初版一刷.——臺北市：三民，2021
面； 公分.——（青青）

ISBN 978-957-14-7265-2（平裝）

861.57 110012843

對岸

作 者 安田夏菜
譯 者 緋華璃
責任編輯 連玉佳
美術編輯 陳奕臻
封面繪圖 西川真以子

發 行 人 劉振強
出 版 者 三民書局股份有限公司
地 址 臺北市復興北路 386 號 (復北門市)
臺北市重慶南路一段 61 號 (重南門市)
電 話 (02)25006600
網 址 三民網路書店 https://www.sanmin.com.tw

出版日期 初版一刷 2021 年 10 月
書籍編號 S860300
I S B N 978-957-14-7265-2